MEIN VATER, DAS KONDOM UND ANDERE NICHT GANZ DICHTE SACHEN

Gudrun Skretting

MEIN VATER, DAS KONDOM UND ANDERE NICHT GANZ DICHTE SACHEN

Aus dem Norwegischen von
Gabriele Haefs

CARLSEN

Dieses Buch wurde mit Unterstützung von NORLA, Oslo, veröffentlicht.

FSC
www.fsc.org
MIX
Papier aus verantwortungsvollen Quellen
FSC® C014496

Originalverlag: Aschehoug
Originaltitel: Anton og andre uhell
Umschlaggestaltung und -typografie: formlabor
Umschlagbilder: shutterstock.com © blackboard 1965/Agor 2012/abstractdesignlabs
Aus dem Norwegischen von Gabriele Haefs
Lektorat: Wiebke Andersen-Oberschäfer
Satz: Pinkuin Satz und Datentechnik, Berlin
Herstellung: Karen Kollmetz
Druck und Bindung: GGP Media GmbH, Pößneck
ISBN: 978-3-551-58370-3
Printed in Germany

Für alle Papas, die sich die größte Mühe geben.
Und vor allem für meinen, der der beste auf der Welt war.

Einmal, vor Milliarden von Jahren, gab es einen Planeten namens Theia. Die Theia war groß und rund und schön, sie geriet manchmal haarscharf aus dem Kurs, aber das ging damals offenbar vielen so. Das Sonnensystem ist ja eigentlich ein einziger großer Kreisverkehr, wo man sich bestimmt leicht verirrt.

Aber dann kam also ein Tag, ein schöner Tag, an dem die Planeten sich wie üblich um sich selbst drehten und an dem die Theia nun wirklich alles durcheinanderbrachte. Noch mehr als sonst. Denn da und dort, ganz einfach ohne Vorwarnung und total ohne Zusammenhang, schoss die Theia plötzlich aus ihrer Bahn und knallte gegen den Erdball, dass die Steine nur so aufstoben.

Ein Riesenzusammenstoß. Und das ganze Universum ächzte in den Fugen.

So war das natürlich nicht gemeint gewesen. Absolut nicht. Es war nur ein unaufmerksamer Augenblick, wie im Straßenverkehr. Aber so etwas lässt sich ja nicht mehr rückgängig machen. Und seit diesem Zusammenstoß steht die Erdachse schief, bis heute. Die Erde ist danach nie wieder ganz sie selbst geworden.

Noch schlimmer war es für den Planeten Theia. Der war danach für immer verschwunden.

Aber aus den vielen Steinen und dem ganzen Staub, die hochgewirbelt wurden, bildete sich eine Kugel. So geht das nämlich im Weltraum, alles wird zu Kugeln, zu kleinen und großen. Diese Kugel wurde zum Mond.

Unser Mond – die Reste eines gewaltigen Zusammenstoßes.

»Und der Mond ist in guter Gesellschaft«, sagte Papa, als er die Geschichte fertig erzählt hatte.

Es dauerte einige Zeit. Aber dann hatte ich begriffen, was er meinte.

Aber mal von Anfang an: Ich hätte merken müssen, dass da etwas faul war. Normalerweise bleibt Papa nicht stehen, um mir beim Fahrradreparieren zuzugucken. Reifenflicken ist ihm nicht gerade ein Herzensbedürfnis. Aber gerade an diesem Tag sah er sich also mit ungewöhnlichem Interesse den Fahrradschlauch da unten im Wasser an.

Und er hatte offenbar das Gefühl, es sei der richtige Zeitpunkt. Der Anlass, auf den er gewartet hatte. Also räusperte sich Papa, drehte zwei Runden um mich und den Eimer, dann räusperte er sich noch einmal. Fast ganz natürlich.

Und doch kam sie total überraschend für mich, diese Bemerkung, ausgesprochen über einem Eimer Wasser:

»Ja, ja – so ein kleiner Riss im Gummi kann schon unerwartete Folgen haben.«

Bei dem nun folgenden Gespräch ging es NICHT um Fahrradschläuche.

Danach hatte ich zwei neue Punkte auf meiner Liste des unwillkommenen Wissens:

1. Welches Verhütungsmittel meine Eltern benutzt hatten (eins, das offenbar nicht ganz zuverlässig war).
2. Ich, Anton Albertsen, bin ein Gummiunfall.

Meine Eltern hatten sich alle Mühe gegeben, mich NICHT zu bekommen. Mit Kondom.

Danach erzählte Papa mir vom Mond. Von dem gewaltigen Zusammenstoß und der Kugel aus Staub und Stein, die niemand geplant hatte. Diese Geschichte sollte wohl vor allem ein Trost sein.

Aber im selben Moment dachte ich einen Gedanken, der viel größer war als meine sonstigen Gedanken.

Ich dachte: Bei Mama und Papa muss es dann später auch noch einmal so gewesen sein. Eine Art Kollision, wie im Weltraum.

Und danach verschwand Mama, genau wie die Theia. Denn sie wurde vom 15er-Bus überfahren. Verkehrsregeln waren offenbar auch nicht ihre große Stärke.

Papa dreht sich seitdem noch immer um seine eigene Achse. Aber ein bisschen schief. Ungefähr wie der Erdball.

Und Anton Albertsen hatte soeben diese Erkenntnis getroffen:

Der Mond ist ein Unfall. Genau wie ich.

INE

Hier auf dieser Welt geht es immer wieder um das Gleichgewicht.

Zum Beispiel, wenn man über ein Brett balanciert wie Ine und ich, von entgegengesetzten Bäumen aus, die Arme zur Seite gestreckt, einen Fuß vor den anderen. Das Brett haben wir vor langer Zeit von Ine mitgenommen, als ihr Vater die Küche renovierte, und dann haben wir es zwischen zwei Bäume gelegt, vom untersten Ast des einen zum zweituntersten des anderen. Zwischen diesen beiden Bäumen balancieren wir fast jeden Tag. Das ist vielleicht ein bisschen kindisch, aber jetzt ist es zur Tradition geworden. Und deshalb machen wir zweimal am Tag auf dem Schulweg einen Umweg, alle beide.

»Ein Unfall?« Ine blickt mich von ihrem Baum her an.

»Jepp«, antworte ich. »Ein Gummiunfall.«

Sie kommt näher. Und grinst. »Hab ich's mir doch gedacht«, kichert sie und bleibt kurz stehen, für den Fall, dass ich zuschlage.

»Idiot.« Ich muss lachen. Wenn auch ein bisschen unsicher, den Blick nach vorn gerichtet, einen Fuß vor den anderen. Ich schlage Ine nie richtig.

Jetzt haben wir einander erreicht. Und jetzt kommt das

Schwierige: die Arme hoch, damit wir uns nicht gegenseitig vom Brett schubsen, auf einer Hacke und einem Zeh kehrtmachen, das Gleichgewicht wiederfinden.

»Ja, ja«, sagt Ine. »Du kannst dich ja damit trösten, dass deine Eltern immerhin ihren Spaß hatten.«

Die Arme wieder zur Seite, dann zurück zu unserem jeweiligen Baum.

»Ach ja?«

»Ja, hatten sie«, sagt Ine und klettert nach unten. »Sonst hätten sie es doch gar nicht erst gemacht.«

Ich lasse mich auf den Boden fallen. Einen Punkt an Ine.

»Was gemacht?«

»Was glaubst du denn? Vögeln natürlich.« Ine hat ihre Stimme gesenkt. »Schon mal was von Reagenzgläsern gehört?«

Ich wollte gerade schon fragen, ob sie das nächste Jesuskind sei oder so was.

Also ein Reagenzglasbaby. Das ist mir neu. Da haben Leute in weißen Kitteln den Eltern die entsprechenden Zutaten entnommen und es in einem Glas zusammengerührt. Ich muss wirklich sagen, es gibt schon komische Berufe.

»Du brauchst gar nicht so zu glotzen«, sagt Ine zu mir.

Womit sie nicht ganz Recht hat. Denn erstens hat sie kleine Zweige in den Haaren. Und zweitens habe ich gerade entdeckt, dass Ine wahnsinnig kleine Ohren und einen ein bisschen schiefen Vorderzahn hat.

Aber das sage ich nicht. Stattdessen erzähle ich die Geschichte von der Theia und dem Mond, von Planeten und Umlaufbahnen, von aufstiebenden Steinen und Zusammenstößen. Und von Papa, Mama und mir.

Ine ist nicht beeindruckt. Findet nicht, dass ich den Weltraum mit dem 15er-Bus vergleichen darf. Es muss ja wohl Grenzen geben. Und außerdem höre ich mich an wie ein alter Philosoph, sagt sie. Schon wieder.

Wir setzen unsere Schulrucksäcke auf und machen uns wieder auf den Heimweg. »Aber in einem kann ich dir zustimmen«, sagt sie dann. »Dein Vater ist noch immer ein bisschen daneben.«

Jetzt glotze ich wieder. »Wie meinst du das?«

»Na ja«, sagt Ine. »Irgendwie ein bisschen ... na ja, beschädigt. Depri oder so.«

Vielen Dank. Sofort kriege ich wahnsinnig Lust, ihr zu erklären, dass meine Liste auch so schon lang genug ist. Genug unwillkommenes Wissen für viele Jahre. Und sie ist doch keine Psychologin. Außerdem: Papa hat ja mich.

»Depri?«, frage ich.

»Jepp«, sagt Ine.

»Aber ... aber er heult doch nicht oder so.«

»Da muss man nicht unbedingt heulen«, sagt Ine.

»Und er hat so viele Witzebücher ...«

Kein umwerfendes Argument, ich weiß.

»Was er braucht, ist eine Frau«, sagt Ine.

Ich versetze einem Stein einen Tritt. »Papa hatte eine Frau«, sage ich. »Mama. Das muss reichen.«

Wir schauen bei Ole vorbei. Er hat heute in der Schule gefehlt, und seine Mutter hat uns gebeten, aus seinem Regalfach im Klassenzimmer ein Buch mitzubringen. Über Pilze.

Ine hatte auf Rosinenbrötchen getippt, und wir riechen

schon aus der Ferne, dass sie Recht hat. Manchmal glaube ich, dass Oles Mutter das Fenster ganz bewusst aufreißt. In ihrem Haus freuen sie sich immer so über Besuch.

»Deine Freunde«, ruft sie Ole lächelnd zu und lässt uns rein.

Und klar, ich sehe den Unterschied, so ist das nicht. Topfblumen und Keramik und Ole als Baby. Sogar solche Kerzen, die nach Vanille riechen. Wenn Papa und ich uns jemals eine Frau ins Haus holen, dann muss es so eine sein.

Bei Ole zu Hause reden immer Ine und ich am meisten. Vielleicht liegt es an den Rosinenbrötchen, oder daran, dass Oles Vater Zahnarzt ist und lange Erfahrung darin hat, zu verstehen, was die Leute mit vollem Mund sagen – ich erzähle Oles Eltern jedenfalls mehr über die Schule als Papa.

Aber gerade heute macht mir das ein schlechtes Gewissen. Also lasse ich Ine drauflosplappern.

Und das tut sie. Lacht und kaut und erzählt davon, wie wir für die Polonaise für das Abschlussfest im Sommer üben, in Zweierreihen hintereinander. Und über Sara und Vilde, die sich darum geschlagen haben, wer mit Kevin gehen darf, der sieht nämlich wahnsinnig gut aus.

»Typisch Sara und Vilde«, sagen Ine und ich.

»Typisch Sara und Vilde«, sagt Ole.

Seine Eltern freuen sich immer so, wenn wir dasselbe sagen.

Wenn ich es mir recht überlege: Eigentlich freut sich Papa auch, wenn wir etwas gleichzeitig sagen. Dann müssen wir die kleinen Finger aneinanderlegen und uns etwas wünschen. Ganz schön blöd, und keiner von uns glaubt daran, aber Traditionen sind trotzdem schön. Ich wünsche mir immer kleinere Ohren, Frieden auf der Welt oder einen Haufen Geld.

Aber bisher habe ich mich eigentlich nie gefragt, was Papa sich wünscht.

»Ich muss euch etwas zeigen«, sagt Oles Vater. Er winkt uns mit zum Schuppen im Garten und öffnet einen Eckschrank. Da stehen drei Angelruten. Nagelneue.

»Für den Frühlingsausflug«, er lächelt stolz. »Ich dachte, es wäre doch nett, wenn ihr alle eure eigene habt.«

So ist Oles Vater.

Wir strahlen, Ine und ich. Wir werden nämlich jeden Frühling von Ole und seiner Familie zu einem Tagesausflug eingeladen. An einen See, wo wir angeln und baden, bis wir fast blau sind, und wo Oles Eltern auf einer Decke sitzen und einander an den Händen halten. Und danach spielt Oles Vater mit uns Fußball und Federball, damit wir warm werden. Oles Vater ist richtig nett. Und immer gut gelaunt.

Ich denke plötzlich: So wird man vielleicht, wenn man eine Frau hat, mit der man auf einer Decke Händchen halten kann? Wer weiß?

Oles Vater schließt den Schuppen ab. »Übrigens, was macht denn das Fahrrad, Anton?«

Er hat mir beigebracht, wie man einen Fahrradschlauch flickt. Ole interessiert sich nicht besonders für so was, deshalb war sein Vater ganz schön froh, als er das endlich jemandem beibringen konnte.

»Ach so, das«, ich räuspere mich. »Ist wieder in Ordnung. Es war bloß ein … kleiner Riss im Gummi.«

EINE TRAUMFRAU IM WALD

»Ob ich deinen Vater toll finde?«

Wir schieben auf dem Heimweg unsere Räder, und Ine sieht mich seltsam an.

»Ich meine«, erkläre ich, »wenn du eine Frau wärst, welche Nummer würdest du ihm geben?«

Ine überlegt eine Weile. »Von eins bis zehn? Tja, acht, glaube ich.«

Ich hebe die Augenbrauen. »So hoch?«

»Die beste Platzierung ist eins. Tut mir leid.«

Na super. Von ihm habe ich schließlich meine Gene. Da kann ich vom Älterwerden nicht mehr viel Schönheit erwarten. Besten Dank. Noch mehr unwillkommenes Wissen.

»Warum willst du das wissen?«, fragt Ine.

»Einfach so«, sage ich.

Ines Haus liegt oben am Hang. Es ist das größte hier. Ine ist Einzelkind und wohnt in einem Einfamilienhaus, mit Statuen im Garten und so einem Messingschild an der Tür. Das liegt sicher daran, dass ihre Eltern ziemlich viel Geld haben. Ihre Mutter ist Rechtsanwältin.

Ine sagt übrigens, dass ich später bestimmt auch Rechtsanwalt werde, wo ich doch schon rede wie die Fernsehnachrichten. Ich bin nicht sicher, ob das ein Kompliment sein soll.

»Warte mal«, befiehlt sie. Also warte ich, bis sie wieder herauskommt. Mit einer Art Katalog. »Der gehört eigentlich Mama«, sagt sie. »Aber ich finde, wir leihen den mal aus.«

Ich sehe den Katalog an und lese, was darauf steht: *Volkshochschule*. Und gleich darunter: *Abendkurse und Hobbytreffs*. Eine Frau mit einem Pinsel und ein Mann mit einer Angel. Ich sehe Ine fragend an.

»Er muss mal unter Leute kommen«, sagt sie.

Ich kann den ganzen Weg bis nach unten zu unserem Wohnblock auf den Pedalen stehen. Papa und ich wohnen in einer Wohnung, einer Dreizimmerwohnung im Erdgeschoss. *Hier wohnen Pål und Anton,* steht auf unserem Türschild. Aber gerade jetzt, ehe ich hereinkomme und meinen Rucksack im Gang fallen lasse, ist nur Pål in der Wohnung. Also Papa. Allein. Das habe ich mir noch nie überlegt.

Papa sitzt vor dem Fernseher. »Die Grandiosa ist im Backofen«, sagt er. Ich schiebe einige leere Pizzaschachteln und einen Stapel Briefe weg und lasse mich neben ihn auf das Sofa fallen.

Gespräch unter Männern. Papa und ich:

Papa: »Und?«

Ich: »Joa.«

Wir legen die Füße auf den Tisch. Es riecht nach ein bisschen stinkigen Socken und nach ein bisschen angebrannter Pizza. Aber alles ist besser, als über Fahrradschläuche und Gummiunfälle zu reden.

»Guten Tag gehabt?«, frage ich.

»Kann nicht klagen.« Papa holt die Pizza und schneidet die schlimmsten Stellen weg.

Dann essen wir und sehen die Norwegen-Rundschau. Es geht um eine Frau, die allein im Wald wohnt, und einen Mann, der sich ins Guinnessbuch der Rekorde gestrickt hat. Die Geschmäcker sind eben verschieden.

Ich spinkse verstohlen zu Papa hinüber. Betrachte ihn von außen, als ob ich ihn noch nie gesehen hätte. Mann von vierzig, Loch am Knie, unrasiert, mit angegrautem Pferdeschwanz. Und obwohl ich nicht will, muss ich zugeben: Ine hat nicht Unrecht.

»Papa?«, frage ich. »Hast du schon mal ein Hobby gehabt?«

Kopfschütteln. »Keine Zeit. Musste mich um dich kümmern, wie du ja weißt.«

Ich schweige eine Weile. »Aber wenn du mich nicht gehabt hättest?«

Papa fährt mir durch die Haare und lacht. »Dann würde ich mit meiner Traumfrau in einer Hütte im Wald wohnen. Mir anhören, wie die Vögel singen, und einen drei Kilometer langen Schal stricken.«

Drei Kilometer. Dass die Welt sich so verändern kann, an einem einzigen kurzen Tag.

Gestern Morgen war ich fast total normal. Und heute bin ich ein Unfall mit einem deprimierten Vater. Der sich eine Traumfrau wünscht. Aus dem Wald.

Ich habe vor gar nicht langer Zeit eine Sendung über Männchen im Tierreich gesehen. Da herrscht harte Konkurrenz, nur die Besten kriegen ein Weibchen ab. Einige rieben wie besessen die Hinterbeine aneinander, andere bliesen ihre Backen zu Ballons auf. Tjaja, Männer haben es schon schwer.

Erst recht Papa, schließlich kriegt er von Ine nur eine 8.

Aber jetzt weiß ich wenigstens, was er sich wünscht. Und da wird es leider nie im Leben reichen, nur die kleinen Finger aneinanderzulegen.

Am Abend sitze ich noch lange in meinem Zimmer. Blättere und blättere, denn in dem Kurskatalog wimmelt es nur so von Angeboten. Nageldesign und Seidenmalerei. Motorbootführerschein und Fliegenfischen. Oder Bergsteigen. Aber das ist schon mal ausgeschlossen. Papa hyperventiliert ja schon, wenn er nur eine Trittleiter sieht.

Nein, denke ich, Papa braucht einen Kurs ohne Konkurrenten. Keine wettergegerbten Fischer oder Protztypen mit Ankertattoo. Er muss in einen Kurs, wo er gesehen wird. Und wo eine Menge Frauen hingehen.

Nach einer Weile lasse ich mich zufrieden zurücksinken. Ich werde zwar bis an mein Lebensende wissen, dass ich ein Unfall bin, ein Zufall, so einer, den eigentlich niemand haben wollte. Aber dennoch: Ich werde zum Sinnstifter werden. Denn das passiert doch, wenn man etwas Sinnvolles tut.

Und hier und jetzt, von diesem Augenblick an, schreitet der Mond zur Tat. Auftrag: Die Erdachse gerade rücken. Denn im Leben geht es immer wieder darum, das Gleichgewicht zu finden.

Ich nehme ein Blatt Papier und einen Bleistift und schreibe feierlich:

Anton Albertsens Gedanken über astronomisches Gleichgewicht.

Und darunter:

Ziel: Sinnstifter werden.

Wie? Papa gerade rücken.

Danach sehe ich lange und zufrieden meine Aufzeichnungen an.

Die letzte Nachricht, die an diesem Abend eingeht, ist die Antwort auf meine SMS an Ine. In Großbuchstaben:

WAS? DU HAST DEINEN VATER ZUM STRICKKURS ANGEMELDET?!

HORMONE UND ZUFÄLLE

»Drei Kilometer«, sagt Ine. »Was will er denn mit so einem langen Schal?«

Wir schieben unsere Fahrräder zur Schule, und Ine redet am meisten. »Die Frau seiner Träume warm halten, oder was?«

Ich denke gerade an etwas ganz anderes und sage nichts. »He, bist du sicher, dass es dir gut geht?« Sie sieht mich fragend an.

Nun blicke ich auf und sage: »Tja.« Denn ich weiß eigentlich gar nicht, wie es mir geht. In erster Linie komme ich mir irgendwie verändert vor. Denn plötzlich soll ich Sinnstifter werden. Ich soll Dinge passierenlassen. Und das ist ja nun wirklich nicht meine Art.

»Was heißt denn tja?«, fragt Ine.

»Ich fühl mich anders«, sage ich. »Wenn du verstehst.«

Das tut sie offenbar nicht. Denn sie seufzt nur ein bisschen resigniert und sagt: »Typisch Anton.« Und dann versetzt sie mir einen aufmunternden Rippenstoß. »Denk doch mal positiv. Du hast immerhin keinen Rüssel.«

Rüssel? Du meine Güte. Als ob ich mir hier den Kopf über Elefanten zerbrochen hätte. Aber ich verstehe ja, was sie meint. Ich bin nämlich aus einem ganz anderen Grund daran gewöhnt, mich anders zu fühlen. Und wir reden hier nicht über nicht vorhandene Muskeln oder fehlende Zentimeter in der Höhe. Denn ich tröste mich noch immer damit, dass auch Papa ein »Spätentwickler« war, wie er selbst sagt.

Nein. Wir reden hier von Ohren. Riesengroßen Ohren. Solchen, die geradezu darum flehen, bemerkt zu werden.

In der ganzen dritten Klasse hatte ich deshalb den Spitznamen Dumbo, nach diesem Disney-Elefanten, der so große Ohren hat, dass er damit fliegen kann. Das war ein Jungenspaß, der so lange weiterging, bis Ine sich in die Jungendusche schlich und drohte, allen Mädchen zu erzählen, wer den Kleinsten hätte. Ine war wirklich ganz schön mutig.

Ich war an dem Tag zum Glück nicht in der Schule, aber danach hatte ich einige gute Jahre.

Mit Ohren und ohne Spitznamen.

Wir schließen unsere Fahrräder an die Fahrradständer an und gehen zum Klassenzimmer.

Und ich denke, dass es bei Ine und mir eigentlich immer so ist. Dass sie die Dinge ins Rollen bringt.

Ich bin so einer, der nur mit sich machen lässt.

Heute liegt in der Stimme unseres Lehrers eine ganz eigene Glut:

»Ihr freut euch sicher schon«, sagt Lars, und es klingt wie eine Drohung. »Heute haben wir ja in Bio ein neues und spannendes Thema.«

Er lächelt vielsagend. »Erinnert sich jemand?«

Es wird ganz still im Klassenzimmer. Sogar in der hintersten Reihe. Aber das liegt nicht daran, dass unsere Klasse ein besonders schlechtes Gedächtnis hätte.

»Fortpflanzung«, sagt Lars, als niemand antwortet. »Kann mir jemand erklären, was das ist?«

Niemand will erklären, was das ist. Wenn ihr mich fragt, dann weiß er das sowieso selbst am besten. Der Kerl hat schon seine zweite Frau und insgesamt fünf Kinder.

Ole macht trotzdem einen Versuch. »Hat das was mit Treibhäusern zu tun?«, fragt er.

»Eigentlich nicht«, sagt Lars und muss die Klasse zum Schweigen mahnen. »Bei der Fortpflanzung geht es darum, woher die kleinen Kinder kommen, um Eizellen und Samenzellen und solche Dinge.«

Ole verkriecht sich hinter »Unsere häufigsten Stoppelpilze«.

Und ich denke natürlich: Das hat uns gerade noch gefehlt.

Also, mir ist ja klar, dass es manchmal sein muss. Und von mir aus sollen die Leute sich in Treibhäusern oder Sträuchern oder Ikea-Betten fortpflanzen. Wenn ich nur damit in Ruhe gelassen werde. Denn Papas Fortpflanzung reicht mir wirklich. Und die war ja nicht einmal beabsichtigt.

Es ist sehr still in unserer Klasse, als Lars die äußeren und die inneren Geschlechtsorgane erläutert und die Begleiterscheinungen der Pubertät aufzählt.

»Aber Leute, das ist alles ganz natürlich«, sagt er mit fast ganz natürlicher Stimme. »Und wir müssen uns daran gewöhnen, darüber zu reden.« Wieder so ein bedrohliches Lächeln. »Deshalb werden wir uns jetzt in Zweiergruppen zusammentun und einen Vortrag vorbereiten.«

Es ist noch immer ganz still.

»Können wir uns aussuchen, worüber wir schreiben wollen?«, piepst schließlich Malin aus der dritten Reihe.

»Nein«, sagt Lars, »und gerade deshalb habe ich diesen Hut hier, darin sind lauter Zettel mit verschiedenen Themen. Ihr könnt euch eures ziehen.«

Ich habe Zufälle noch nie so richtig leiden können. Man kann doch sogar sterben, wenn man richtiges Pech hat. So wie Mama. Angeblich kam der Bus Nr. 15 an dem Tag zu früh. Und wie groß ist denn wohl diese Wahrscheinlichkeit?

Aber es ist vermutlich so in meinem Leben: Das meiste ist zufällig. Ich hoffe nur, dass es nicht zu viele Hüte mit Alternativen gibt, die ich gar nicht will.

»Östrogen! Spinnst du?«

»Das stand aber doch da drauf«, sagt Ole.

Wir haben gerade große Pause, und das eben war gemein von mir. Ole kann doch nichts dafür, dass er gerade diesen Zettel erwischt hat. Trotzdem bin ich sauer.

Aber Ine grinst. »Ja, da habt ihr richtig Glück gehabt«, sagt sie lachend. Sie hat zusammen mit Klara und Sofie die Hypophyse gezogen und ist einigermaßen zufrieden. Mit der Hypophyse jedenfalls.

»Östrogen, das weibliche Geschlechtshormon«, seufze ich. »Wir müssen sicher auch über Menstruation und Tampons und den ganzen Kram reden.«

»Mmmm«, sagt Ine und dann schweigen wir eine Weile. Ab und zu vergesse ich einfach, dass Ine ein Mädchen ist.

Aber bald klinkt sie sich wieder ins Gespräch ein. »Kevin

und Sindre machen Verhütung«, sagt sie lachend. »Kondome und die ganze Kiste. Das ist schlimmer.«

Ich sehe das auch so. Verhütung ist schlimmer. Um nichts in der Welt will ich jemals wieder etwas mit Kondomen zu tun haben. Auch wenn sie in gewisser Weise der Grund meiner Entstehung sind.

Es ist gar kein schlechtes Gefühl, dass Kevin sich mit den Kondomen herumschlagen muss. Eine Prise Pech kann er in diesem Leben doch auch mal abkriegen. Kevin ist nämlich der coolste Typ in der Klasse. So ein Alphamännchen, das sozusagen das ganze Rudel herumkommandiert und bei allen Frauen landen kann. Mit cooler Frisur und coolen Klamotten und braunen Augen. Und er sieht auch ein bisschen aus wie ein Filmstar, das fällt sogar mir auf.

»Rosinenbrötchen sind jedenfalls das Beste.«

Das ist Ole. Er steigt manchmal aus unerwarteter Richtung ins Gespräch ein. Aber er hat ja Recht. Und er hat eine große Tüte mitgebracht.

Über Ole kann man viel sagen, aber eins steht fest: Er hat immer absolut das beste Essen in der Klasse. Rosinenbrötchen und Nudeln und selbst gemachte Pizza, und alles sozusagen mit Liebe gewürzt.

Und außerdem hat er immer mehr mit, damit es auch für uns reicht. Ich finde, Ole ist ein ganz schön praktischer Freund.

Denn man muss die Sache mal so betrachten: Es gibt ja ziemliche Unterschiede bei den Pausenbroten. Meine bestehen meistens aus zwei Graubrotscheiben mit einer schwitzenden Käsescheibe dazwischen. Sie liegen immer ganz unten in der

Schultasche, und oft an einer ganz anderen Stelle als das Butterbrotpapier. Papa musste sogar einmal mein Englischbuch ersetzen, es war »für weitere Verwendung ungeeignet«, nachdem zwischen den starken Verben eine Scheibe Käse verschimmelt war.

Ines Pausenproviant ist da schon was ganz anderes. Er ist fast intellektuell oder so. Und er ist immer sehr gesund, und er befindet sich in mehreren Dosen, mit Salat und Obststücken, Vollkornbrot und allem Möglichen. Und ziemlich oft legt Ines Mutter ihr einen Zettel in die Proviantdose, mit einem klugen Satz, der sie zum Lernen inspirieren soll. Ines Mutter ist überaus pädagogisch. Und ich finde das mit den Zetteln richtig nett.

Aber zwischen zwei Mundvoll Rosinenbrötchen seufzt Ine resigniert: »Heute hat sie sich selbst übertroffen.«

Und aus ihrer Schultasche zieht Ine eine Banane. »Nur nicht verbiegen lassen«, hat ihre Mutter auf die Schale geschrieben. Mit Filzstift.

So ist das wohl, wenn man perfekt und geplant und in einem Glas zusammengerührt worden ist. Dann kriegt man Bananen mit Inschrift.

Aber nicht nur die Pausenbrote sind verschieden. Die Leute sind das auch. Vor allem Ole, wenn ich ehrlich sein soll. Und um nicht mit einem Blatt vor dem Mund zu wedeln oder wie das heißt: Offenbar ziehe ich solche Leute an. Nur Ine ist da eine Ausnahme. Sie ist eher wie eine freiwillige Bewährungshelferin oder so. Also ganz ehrlich, ich habe noch nie begriffen, warum Ine mit uns zusammen sein will. Sie ist gut im Sport und sie hat jetzt sogar schon einen Busen.

»Was sagt dein Vater eigentlich zum Strickkurs?«, fragt Ine, die schon wieder eins von Oles Rosinenbrötchen im Mund hat. Sie hat soeben zwei herzförmige Gurkenscheiben in den Müll geworfen.

»Er weiß noch nichts davon«, antworte ich. »Ich warte noch auf die passende Gelegenheit.«

»Verkauf es ihm als Überraschung«, sagt Ine. Man hört so richtig, dass ihr Vater einen Laden hat.

»Wie denn?«

»Sag, dass du eine Überraschung für ihn hast, und dann bringen wir ihn einfach hin, ohne ihm vorher zu sagen, wohin es geht.«

Das ist gar keine schlechte Idee. Und ich bin froh darüber, dass sie »wir« gesagt hat.

SPEEDO

Für Leute wie mich, die nur ein einziges schwarzes Haar dort haben, wo bei anderen so viele sitzen, für Leute, die sich vor dem Ball fürchten und die Kleinsten in der Klasse sind, für solche wie mich ist die Sportstunde ungefähr genauso schrecklich wie Östrogen. Es ist so, wie sich in der falschen Welt verirrt zu haben.

Dennoch ist unser Sportlehrer wahnsinnig positiv, in jeder Sportstunde von neuem. »Irgendetwas können wir alle gut«, sagt er, wenn ich wie immer als Letzter in eine Mannschaft gewählt werde. »Auch wenn du keine langen Beine hast und nicht schnell läufst, hast du andere Qualitäten.«

Tja. Ich weiß ja nicht, ob Segelfliegerohren eine positive Eigenschaft sind, aber ich kann euch jedenfalls sagen: Beim Sport sind die absolut keine Hilfe.

Dagegen bin ich ziemlich gut in Strategie. Um also die Sportstunde so kurz zu machen wie möglich, ziehe ich mich immer so ungefähr als Letzter um. Langsam und umständlich binde ich meine Schnürsenkel auf, während die anderen Jungs schon bereit sind, in die Turnhalle zu rennen und ein Tor nach dem anderen zu schießen.

Normalerweise beachtet mich niemand so richtig, aber

heute steht Kevin da und starrt mich ganz offen an, als ich mich zum Umziehen aus den Jeans schäle.

Und in diesem Moment weiß ich es. Papa hat vergessen zu waschen. Heute Morgen lag in meinem Schrank nicht eine einzige saubere Unterhose. Instinktiv falte ich mich so gut ich kann zusammen, aber es ist schon zu spät.

Papa findet, ein Sohn, der so langsam wächst, habe gewisse Vorteile. Er geht nämlich überhaupt nicht gern Klamotten kaufen, und so gesehen ist es doch perfekt, dass ich nicht so schnell aus meinen Sachen herauswachse. Trotzdem gibt es einzelne Dinge, die nicht in meinem Kleiderschrank liegen dürften, auch wenn sie eigentlich noch passen. Das eine ist ein Schlafanzug mit einem Supermanbild, das andere eine kleine Badehose mit Seesternen. Und irgendwie war die heute Morgen die einzige Alternative.

»Hallo, Speedo«, ruft Kevin so laut, dass es sicher bis in die abgelegensten Ecken der Mädchenumkleide zu hören ist. »Haste dich schön gemacht?«

Ich ziehe eine »Haha, sehr komisch«-Grimasse, die nicht so richtig gelingt.

»Anton hat sich für seinen Vortrag verkleidet«, grinst Andreas.

»Und was hat Speedo denn mit Östrogen zu tun?«, quake ich so unaufgeregt, wie ich nur kann.

»Östrogen?«, fragt Kevin. »Hat Ole dir nicht gesagt, dass wir getauscht haben? Lars haben wir auch schon Bescheid gesagt. Ihr beide macht jetzt Verhütung.« Er lächelt zufrieden.

Das tut Ole auch, ehe ich ihn so wütend ansehe, dass er die Stirn runzelt und ich ein schlechtes Gewissen kriege.

»Und dann hab ich noch Östrogen weggetauscht, das machen die Mädchen«, sagt Kevin selbstzufrieden.

Irgendwo im tiefsten Herzen verspüre ich den durch und durch wahnwitzigen Wunsch, ihm eine reinzusemmeln, oder zumindest etwas zu sagen, das mit »Sch« anfängt. Aber ich weiß, dass das nichts helfen würde. Nicht halb ausgezogen in einem kalten Umkleideraum vor dem Sportunterricht. Denn das Alphamännchen der Klasse solltest du nicht herausfordern.

Schon gar nicht in einer Speedo-Badehose.

SIGNE SALVESEN

»Scheiß auf den«, sagt Ine.

Wir bugsieren einen Einkaufswagen zwischen Milch und Tütensuppen herum und haben soeben »Sardellen« von der Einkaufsliste gestrichen, Ine und ich sind unterwegs im Auftrag der alten Signe Salvesen aus dem Stockwerk über uns.

Früher wurden wir dafür bezahlt, wenn wir mit ihrem Hund Gassi gingen. Aber dann stellte Signe Salvesen fest, dass sie keine Hunde mehr leiden konnte, und deshalb kaufen wir jetzt für sie ein.

Ich seufze. Ine begreift den Ernst der Lage nicht so ganz. Die Hoffnung, dass sie noch einmal für mich in die Jungendusche geht, kann ich aufgeben. Ich muss wohl für den Rest meines Lebens oder so mit meinem neuen Spitznamen klarkommen.

Und Ine hat ja gut reden, dass ich auf Kevin scheißen soll, schließlich muss nicht sie vor der ganzen Klasse den peinlichsten Vortrag aller Zeiten halten. Ich nehme zweimal Backpflaumenjoghurt aus dem Kühlregal.

»Aber auf die Verhütung kann ich nicht scheißen«, sage ich. Ein bisschen zu laut. Eine Frau mit einem Kind sieht uns von der Magermilch her mit seltsamem Blick an.

Ich werde leiser. »Und Ole ist an allem schuld.«

»Er hat es nicht böse gemeint«, sagt Ine.

Ich seufze wieder. »Weiß ich doch.« Denn Ole meint es nie böse, es passiert nur einfach so. »Aber trotzdem«, sage ich.

Ole ist übrigens nicht der Einzige, auf den ich sauer bin. Wenn Papa öfters Unterhosen in die Waschmaschine steckte, hätte ich jetzt keinen neuen Spitznamen. Andererseits ist Papa aber vielleicht deprimiert, und da wäscht man vielleicht nicht so gern Unterhosen. Schwer zu sagen. Aber jedenfalls kriegt man keine besonders gute Laune, wenn man den ganzen Tag in einer engen Badehose durch die Gegend laufen muss.

»Kannst du ihn nicht ein bisschen aufmuntern?«, fragt Ine, als ob sie meine Gedanken gelesen hätte.

»Tja«, sage ich und lasse eine Packung extraweiches Klopapier in den Einkaufswagen fallen. »Wie macht man das eigentlich?«

Sie überlegt. »Mit einer Zeitschrift vielleicht?«

Wir kaufen für Signe Salvesens Geld *Wir Männer*. »Wird ohnehin mal Zeit, dass sie für Leute mit Problemen etwas spendet«, sagt Ine.

»Wirklich gut, dass ich niemals Kinder bekommen habe«, sagt Signe Salvesen, als wir kommen. Sie steht mit Pantoffeln an den Füßen in der Türöffnung, und sie begreift nicht, wieso wir so lange zum Einkaufen brauchen. Ich glaube, das liegt daran, dass sie verrückt nach Kreuzworträtseln ist.

»Ja, was passiert denn so draußen in der Welt?«, fragt sie dann, während sie in der Einkaufstüte nach der Kreuzworträtselzeitschrift sucht.

»Wir üben Polonaise«, sagt Ine.

»Ach was«, sagt Signe Salvesen. »Das hab ich auch mal gemacht. Zusammen mit einem vertrottelten Mannsbild.« Sie legt zufrieden die Zeitschrift auf den Küchentisch und spitzt einen Bleistift.

»Woher wussten Sie denn, dass er vertrottelt war?«, fragt Ine.

»Das merkt man«, sagt Signe Salvesen und nickt mit ihrem runzligen Gesicht. »Ein brauchbares Mannsbild muss Ibsen gelesen haben.«

SMALLTALK UND TOILETTEN

Ich beschließe, mit *Wir Männer* noch zu warten.

Es gibt doch sicher noch andere Methoden, um jemanden aufzumuntern. Man kann zum Beispiel reden. Über das Wetter oder so.

»Papa?« Zu Hause im Flur ist es sehr dunkel. Und sehr, sehr still. Was ist das? Sein Auto stand doch draußen. Und Licht und Fernseher müssten eingeschaltet sein.

»Hier bin ich.«

Ich atme erleichtert auf. Denn im Wohnzimmer sitzt Papa vor brennenden Kerzen und einem Glas Milch. »Der Strom ist ausgefallen«, sagt er.

Da muss ich lächeln. Stromausfall ist doch lustig. Und kein Grund, sich Sorgen zu machen.

»Der Elektriker ist schon unterwegs«, sagt Papa.

»Na gut«, sage ich. »Bei diesem Wetter?«

Draußen wütet nun nicht gerade ein Orkan oder so. Es hat bloß angefangen, ein bisschen zu regnen.

Smalltalk ist wohl nicht gerade meine Stärke.

Papa lächelt. »Elektriker sind sicher wasserdicht«, sagt er.

Jetzt könnte ich natürlich eine Volldrehung machen und den Strickkurs anpreisen, aber irgendwie käme das nicht so ganz natürlich rüber in unserem Gespräch. Was hat Regenwetter denn auch mit Strickkursen zu tun? Außerdem hat Ine vielleicht Recht. Möglicherweise muss Papa einfach überrascht werden.

Ich schweige eine Weile und denke wieder an den Erdball. Und an Papa natürlich. Ist der denn eigentlich so schief? Er sieht doch ziemlich normal aus, wie er da mit seinem Milchglas sitzt.

Um ganz ehrlich zu sein: In meinem Leben ist gerade nicht so besonders viel im Gleichgewicht, und da habe ich eigentlich genug damit zu tun, mich selbst gerade zu richten. Das Dasein als Mond macht nämlich schwindlig. Und es ist eine große Aufgabe, einen ganzen Planeten gerade zu rücken.

»Also – ist heute etwas Schönes passiert?«, frage ich vorsichtig.

Papa sieht mich verständnislos an. »Etwas Schönes?«

»Ich meine, bei der Arbeit oder so.«

»Ich verkaufe nicht genug«, sagt Papa. »Und in der Storgate hatte ich eine Panne. Das war mein Tag.«

Vielleicht nicht so ganz im Gleichgewicht, nein.

Nun war auch mein Tag kein Grund zum Protzen, aber ich habe mit Papa lang genug über Verhütung gesprochen, dass es für mein ganzes Leben reicht.

»Kannst du morgen ein paar Boxershorts waschen?«, frage ich stattdessen.

Und dann ist das Gespräch beendet. Es klingelt.

»Ja, hier ist es dunkel«, sagt die Elektrikerin und lächelt. Es ist tatsächlich eine Elektriker*in*.

Mir ist das sofort schrecklich peinlich. Denn von außen gesehen sieht es hier einfach unmöglich aus. Unter der Anrichte in der Küche ist mindestens ein Monatsvorrat an Pizzakartons, leeren Flaschen und Bierdosen aufgestapelt, und im Sessel im Wohnzimmer liegen alleinstehende Socken und machen das Leben in vieler Hinsicht sauer.

»Tut mir leid, dass es hier so chaotisch aussieht«, sagt Papa. »Aber in letzter Zeit war alles ziemlich hektisch.«

»Ich bin ja nicht gekommen, um mir Ihr Chaos anzusehen«, sagt die Elektrikerin fröhlich und scheint es ernst zu meinen.

»Aber – was möchten Sie sich denn ansehen?«, fragt Papa.

»Den Sicherungskasten«, sagt die Elektrikerin.

Ich habe mir noch nie überlegt, wo unser Sicherungskasten hängt, aber ich sehe, dass Papa erbleicht. Und dann weiß ich es wieder. Im Chaosschrank auf dem Gang.

Wenn man in einem überaus chaotischen Haus wohnt und einen Chaosschrank hat, kann man sich wohl ziemlich leicht vorstellen, wie es darin aussieht?

»Äh«, sagt Papa und öffnet langsam die Schranktür. Aber nicht langsam genug. Aus dem Schrank fällt eine Packung Klopapier der Elektrikerin direkt auf den Kopf, dann folgen Staubsaugertüten und das Telefonbuch von 2005.

»Hoppala«, sagt die Elektrikerin nur. Aber in ihrem Mundwinkel liegt ein Lächeln auf der Lauer.

»Das tut mir wirklich leid, das ist eigentlich unser Chaosschrank, und ... also ...«

Mehr kann Papa nicht zu seiner Entschuldigung vorbringen, und das ist vielleicht auch gut so. Denn sein Handy klingelt, und nun kann sich die Elektrikerin ungestört den Sicherungskasten ansehen.

Es ist ein beruflicher Anruf, das kann ich hören, und Papa geht mit dem Telefon in die Küche. Seine Kunden rufen ebenso oft abends an wie tagsüber.

»Sicher«, hören die Elektrikerin und ich ihn durch die Küchentür. »Natürlich«, hören wir auch. »Sagen wir, Donnerstag?«

Die Elektrikerin leuchtet die Sicherungen mit einer Taschenlampe an. Ich drehe Däumchen.

»Wird gemacht«, sagt Papa draußen in der Küche. »Und als Zugabe gibt es einen sechs Meter langen Urinablaufschlauch.«

Ich glaube, ich kann aus dem Chaosschrank unterdrücktes Lachen hören.

Denn nicht genug damit, dass ich, Anton Albertsen, riesige Ohren und fast keine Muskeln habe – Papas Job wirkt auch nicht förderlich für mein Image.

Seht euch doch zum Beispiel mal Ines Eltern an, Ladenbesitzer und Rechtsanwältin. Sogar Papa findet, dass das gut klingt. »Ein Anwalt in der Familie würde sich gut machen«, sagt er ab und zu und sieht mich an. Ich glaube, er macht sich ein bisschen zu große Hoffnungen.

Er selbst ist Vertreter. Für Ferienhaustoiletten.

So sieht es aus: Ines Eltern wissen alles über Umsatzsteuer und Eigentumsrecht und den Verlauf von gerichtlichen Verfahren, Papa weiß alles über Klos.

»Wenn ein Kind mit seinem Fahrrad gegen ein parkendes Auto fährt, dann muss der Besitzer des Autos die Schäden bezahlen, die am Auto und die am Rad, hast du das gewusst?« Solche Fragen kann Ine stellen.

»Hast du gewusst, dass eine vierköpfige Familie im Laufe einer Woche fünfundzwanzig Liter Urin und sieben Liter *festen*

Stuhl produziert?«, frage ich dann. (Alle aufzeigen, die wissen, was »fester Stuhl« bedeutet.)

Darüber weiß Papa einfach alles.

Ich kann mir nicht so richtig vorstellen, dass Oma und Opa zu Papa gesagt haben: »Ein Klovertreter in der Familie würde sich gut machen.« Vielleicht hat er also ihre Erwartungen nicht so ganz erfüllt. Aber Oma und Opa haben jedenfalls jetzt ein schönes Klo in ihrer Hütte. Den Toilettenstuhl »Berg-Knut«, aus säuregebeiztem Kiefernholz.

Klar, natürlich werden auf der Welt alle möglichen Leute gebraucht. Die einen müssen Ärzte sein und wissen, wie man Leben rettet, andere müssen Ministerpräsident werden. Und natürlich muss auch irgendwer alles über Hüttentoiletten wissen.

Aber muss das ausgerechnet mein Papa sein?

»An Ihrer Anlage ist nichts auszusetzen«, sagt die Elektrikerin, als Papa sein Telefongespräch beendet hat.

»Nicht?«, fragt Papa. »Aber warum ist es dann dunkel?«

»Weil Abend ist«, sagt die Elektrikerin und sammelt ihre Sachen zusammen. »Und vielleicht haben Sie vergessen, die Stromrechnung zu bezahlen?«

FRAUEN UND FUSSEL

Einige finden es leicht, im Nachhinein klug zu sein. Tja. Ich finde eigentlich, es ist vorher und nachher gleich schwer, klug zu sein. Man weiß doch nie, wie es kommen wird, das ist klar. Aber oft finde ich es auch schwer zu sagen, wie es am Ende eigentlich ausgegangen ist.

Egal, jetzt ist es jedenfalls bewiesen, ein für alle Mal: Papa mag keine Überraschungen.

»Strickkurs!« Er wird richtig laut. »Warum um alles in der Welt?«

»Damit du den Schal stricken kannst, von dem du immer redest«, sage ich und schubse ihn fast schon in den Unterrichtsraum. Und dann laufen wir schnell wieder raus und um die Ecke, Ine und ich, um uns einen Überblick zu verschaffen.

Papa war schon skeptisch, als wir von zu Hause losgegangen sind. »Du brauchst nichts mitzunehmen«, habe ich zu seiner Beruhigung gesagt. »Nur gute Laune.« Aber Papa fand diese Mitteilung überhaupt nicht beruhigend. Deshalb kam er ganz ohne Laune und fast rückwärts beim Strickkurs an. Aber egal. Er weiß sicher nicht, was gut für ihn ist.

Aber er muss ja auch gerade gerückt werden. Und ich muss der Sinnstifter sein. »Stricken und Filzen« stand im Kursverzeichnis. Ich bin nicht ganz sicher, was Filzen bedeutet. Aber gefährlich kann es unmöglich sein.

Wir schauen von draußen durch das Fenster. Und richtig. Kein einziger Mann. Keine Konkurrenz. Nur Frauen, noch und nöcher. Einige in Leggings und andere im Rock. Sie haben nur eine Gemeinsamkeit: Alle sind über fünfzig.

»Mag dein Vater ältere Frauen?«, flüstert Ine mir zu.

Was weiß ich? Wir reden nicht über solche Dinge. Keine der Frauen dort im Raum hat irgendwelche Ähnlichkeit mit Mama, aber ich weiß nicht, ob das gut oder schlecht ist.

Die Frau, die offenbar den Kurs leitet, hat knallroten Lippenstift und wandert in eine riesige Decke gehüllt umher. Ich glaube, man kann sie als üppige Dame bezeichnen.

Wir hören ja nicht, was sie sagt, aber sie redet lange, und am Ende hält sie ein gefärbtes Wollknäuel hoch. Nach einer Weile stehen alle auf und jede holt sich ein eigenes Knäuel.

Papa geht als Letzter. Nach langer Bedenkzeit entscheidet er sich für ein grünes und setzt sich ziemlich hilflos allein an einen Tisch.

Ine und ich setzen uns mit dem Rücken zur Wand unter das Fenster.

»Ich übe Selbstkritik«, sage ich.

»Hmmmm«, sagt Ine. »Aber er ist jedenfalls unter Leute gekommen.«

Das schon, aber – na und? Ich habe plötzlich ein schlechtes Gewissen. Denn dort drinnen sitzt Papa mit seiner grünen Wolle, ganz und gar ohne gute Laune, und er sieht einsamer aus denn je. Und der Kurs dauert zwei Stunden.

»Es kann doch trotz allem ein Anfang für irgendetwas sein«, sagt Ine und versetzt mir einen aufmunternden Rippenstoß.

Der Anfang eines drei Kilometer langen Schals? Ich habe meine Zweifel.

Aber hier auf dieser Welt findet sich ja alles. Ein seltenes Mal wenigstens. Wer weiß, vielleicht mag Papa ältere Damen? Und vielleicht ist eine ältere Dame besser als keine?

Zwischen den Wollbäuschen herrscht noch immer hektische Aktivität, als Ine und ich uns davonschleichen. Ine muss zum Klavierunterricht und es nieselt. Papa muss selbst sehen, wie er zurechtkommt.

Eins würde man von Ine nicht erwarten: Sie spielt Klavier, und das schon lange.

Meistens ohne Lust, aber in letzter Zeit wirkt sie irgendwie total verändert. Es kommt sogar vor, dass sie nach der Schule gleich zum Üben nach Hause geht. »Clair de lune«, erklärt Ine. »Furchtbar schwer, aber das romantischste Stück, das meine Mutter kennt.«

Deswegen gehe ich alleine nach Hause, um dort auf Papa zu warten.

SAUBERE NÄGEL. SCHLUSS, AUS

Warten wird überschätzt. Ich bin ganz sicher, dass viele total vergeblich auf etwas Gutes gewartet haben. Und ich weiß nicht einmal, worauf ich warte.

Ich hole wieder meine Liste hervor und ziehe einen geschlängelten Strich unter *Anton Albertsens Gedanken über astronomisches Gleichgewicht.*

Unter den Punkt *Papa gerade rücken,* füge ich hinzu:

Genauer gesagt: Traumfrau und Haus im Wald finden. Möglicherweise einen drei Kilometer langen Schal stricken (Bericht aus dem Strickkurs abwarten).
Bisher erreicht: wenig (Bericht aus dem Strickkurs abwarten).

Ganz unten setze ich dazu: *Unterhosen waschen.* Auch wenn das eigentlich nichts mit dem Weltraum zu tun hat.

Ich hüpfe vor Schreck fast in die Luft, als ich endlich die Wohnungstür höre. Nicht weil Papa besonders beängstigend wäre. Sondern weil ich so einer bin, der sich nicht gern ausschimpfen lässt.

Und im Moment kommt es mir ziemlich wahrscheinlich

vor, dass ich gleich ausgeschimpft werde. Die Wahrscheinlichkeit liegt bei fünfzig Prozent.

»Anton?« Als Papa seine Jacke in den Gang hängt, erhöhe ich auf achtzig. Denn ich kann keinen Schal sehen. Nicht einmal einen kleinen Topflappen.

Papa lässt sich müde aufs Sofa sinken. Und entscheidet sich zum Glück für die erschöpfte und ein bisschen resignierte Variante. »Du«, sagt er. »Wozu sollte das denn eigentlich gut sein?«

»Du wolltest doch stricken«, sage ich. »Drei Kilometer.«

Papa seufzt. »Das war doch nur eine Art Bild, Anton.«

»Wovon denn ein Bild?«

»Also«, beginnt Papa, dann seufzt er wieder. »Nein, wenn ich das nur wüsste. Es war einfach nicht so gemeint, okay?«

»Okay«, sage ich.

Es kommt so ein Schweigen zwischen uns auf, das irgendwie nicht weiß, wohin. Ich spüre die Enttäuschung in meinem Hals.

»Aber ich habe noch nie so viel Wolle auf einem Haufen gesehen«, fügt Papa hinzu.

Nein, das hat er wohl nicht. Aber eigentlich hatte ich gehofft, dass es bei diesem Abend nicht nur um Wolle gehen würde. Sondern vor allem um Frauen. Mit denen er auf Decken sitzen und Händchen halten kann.

Aber Papa sitzt nur auf dem Sofa. Ohne Decke. Mit Fernsehnachrichten und Sport.

Ich sehe ihn an. Und ich denke, dass wir jetzt irgendwie an ganz verschiedenen Orten sind, er und ich. Wir sind wie zwei Planeten, jeder in seiner Bahn, und drehen uns nur um uns selbst. Denn Papa begreift anscheinend nicht, dass es hier um kosmisches Gleichgewicht geht. Rein gar nicht.

Er begreift nur, dass er beim Strickkurs war. Und nun glaubt er wohl, hier gehe es um Wolle.

Am Ende kann ich mich nicht mehr beherrschen. »Also, kannst du jetzt stricken, oder was?« Ich muss es einfach wissen. Denn dann kommt mir mein Leben weniger sinnlos vor. Ein bisschen weniger jedenfalls.

»Fehlanzeige«, sagt Papa. »Wir haben nur mit Wolle und Seifenwasser und Teigrollen herumgefuchtelt. So saubere Fingernägel hatte ich noch nie.«

Schön. Da versucht man, den Erdball gerade zu rücken, und was kriegt man dafür?

Saubere Fingernägel. Schluss, aus.

»Aber du bist immerhin unter Leute gekommen«, murmele ich vor mich hin.

Hinterher ist man immer klüger? Meine Güte. Hinterher ist man immer dümmer, müsste es heißen.

ETWAS AN DER ANGEL

»Hallo, hier ist Ulla. Mit wem spreche ich da?«

Himmel. Ich war sicher, dass es Oma ist, als ich ans Telefon gegangen bin. Sie ruft immer mitten in den Fernsehnachrichten an. Aber Ulla, wer soll das denn sein?

Ich reiche den Hörer weiter an Papa, aber diese Ulla redet so laut, dass ich trotzdem alles höre.

»Hallo, hier ist Ulla, immer zu deinen Diensten«, sie lacht. »Du, ich finde es so toll, dass hier endlich ein Mann wagt, seine Interessen auszuleben.«

Ich schnappe fast nach Luft. Und nun dämmert es mir. Das mit dem Interesse ist aber gewaltig übertrieben.

Papa sieht mich hilflos an. »Ja, also ... na ja.« Aber er ist zu langsam, und Ulla geht zum Angriff über: »Deshalb wollte ich fragen, ob du mal auf ein Glas Rotwein vorbeischauen magst. Viele von den Frauen im Kurs haben ja mehr Erfahrung als du, und ich dachte, du könntest vielleicht ein bisschen ... Starthilfe gebrauchen.«

Jetzt weiß ich, wer das ist. Die Stricklehrerin, die Üppige mit der Wolldecke. Sie heißt also Ulla.

»Starthilfe«, wiederholt Papa. »Also, das ist ja wirklich sehr freundlich ... aber ich wollte eigentlich ...«

»Was sagst du zu Freitagabend?«, fragt Ulla.

Papa schweigt erst einmal. »Freitag?« Er kommt hier ganz offenbar nicht mit. Er wiederholt ja nur alles, was sie sagt.

»Ja, so gegen acht?«

»Gegen acht ... nein, also ...« Papa zögert. »Ich habe hier einen Sohn zu Hause, und ...«

»Natürlich, ist schon klar«, sagt Ulla überschwänglich und ungeheuer verständnisvoll. »Dann komm ich eben zu dir, kein Problem.«

»Kein Problem?«, wimmert Papa.

»Ich freu mich schon«, erklärt Ulla. »Bis dann!«

Da hat nun wirklich schnell eine angebissen. Ein Kursabend nur, und schon hat er eine Frau an der Angel. Vom Regen in die Traufe und von null auf hundert und überhaupt: Papa hat ein Date – und das ist meine Schuld. Ich versuche, so gut ich kann, meine Freude zu verbergen. Denn Papa sieht ein wenig besorgt aus.

Die üppige Ulla, denke ich und frage mich, ob sie wohl Rosinenbrötchen bäckt.

Oder ob sie vielleicht sogar auf Bananen schreibt.

Dann nehme ich mir *Anton Albertsens Gedanken über astronomisches Gleichgewicht* vor.

Und schreibe unter *Bisher erreicht*:

eine üppige Dame.

ZIMTSCHNECKEN UND WEIBLICHE VORBILDER

»Ehrlich gesagt, weißt DU denn überhaupt, was Frauen mögen?« Ine starrt mich an.

Wir schieben unsere Räder den Hang bei der Schule hoch, und ich begreife noch immer nicht, was an Kaffee und Butterkeksen auszusetzen ist. Meine Oma liebt beides über alles.

Außerdem finde ich, dass Ine nicht allzu viel erwarten darf. Außer Oma und Tante Gry habe ich eben keine weiblichen Vorbilder oder wie das nun heißt. Also werde ich mich mit Frauen wohl nie so richtig auskennen.

»Wer ist Ulla?«, fragt Ole.

»Eine Frau«, antwortet Ine. »Für seinen Vater.« Sie nickt zu mir herüber.

»Was soll er denn mit der?«, fragt Ole.

Wir überlegen eine Weile. »Kaffee trinken«, sage ich dann.

Ine blickt mich streng an. »Ohne Butterkekse«, sagt sie. »Und schon morgen.« Letzteres sagt sie mit Nachdruck, und dann denkt sie noch weiter nach. Das tue ich auch. Schon morgen, denke ich. Ulla scheint eine tatkräftige Frau zu sein.

»Wir brauchen Frauenzeitschriften«, sagt jetzt Ine.

»Und Zimtschnecken«, sagt Ole. Er redet sehr oft über Hefegebäck.

Viele Erwachsene haben zu Hause ein Arbeitszimmer, deshalb richten wir uns auch eins ein. Zu Hause bei Ole. Die Zimtschnecken stehen ganz im Mittelpunkt unserer Aufmerksamkeit.

»Magazine«, erklärt Ine. »Frauenzeitschriften. Da steht immer drin, was Frauen mögen.«

»Ach?« Ich knabbere mich um eine Zimtschnecke herum und begreife nicht, worauf sie hinauswill.

»Und was sie sich für Männer wünschen«, sagt Ine ganz ruhig.

Aha. Ich dachte, wir reden hier über Butterkekse. Aber jetzt begreife ich. Frauen wollen Männer, und somit ist unser Plan: Wir werden aus Papa einen tollen Typen machen. Einen echten Herzensbrecher. Und als Gebrauchsanweisung nehmen wir Frauenzeitschriften.

»Aber es kann doch nicht so schwer sein, ein Mann zu werden, den Frauen mögen, oder?«, frage ich hoffnungsvoll. Ich hätte nicht gedacht, dass unser Projekt solche Ausmaße annehmen würde.

Ine mustert mich schon wieder streng. »Dein Vater braucht alle Hilfe, die er kriegen kann«, sagt sie nachdrücklich, dann lässt Ole einen Armvoll Zeitschriften auf ihren Schoß fallen.

Plötzlich dreht sich mein ganzes Leben nur noch um Frauen. Wann werde ich eigentlich Verwendung für Zeitschriften wie *Wir Männer* haben, frage ich mich.

Andererseits hoffe ich, dass Papa nicht die *Wir Männer* braucht, um herauszufinden, welche Art von Frauen er mag. Nicht, dass ich Papas Zeitschriften so sorgfältig studiert hätte, aber vorgestern schlug sich eine sozusagen in der Mitte ganz von selbst auf, und da war Melissa aus Stavanger, die Betriebswirtschaft studiert und kühles Wetter mag.

Was man sehen konnte, denn diese Melissa war ganz bestimmt keine, die leicht friert.

Einige meinen, dass die meisten Männer sich Frauen suchen, die Ähnlichkeit mit ihrer Mutter haben. Na ja, Melissa aus Stavanger und Oma haben als einzige Gemeinsamkeit, dass sie an den Füßen leichter frieren als an allen anderen Körperteilen. Ich würde jedenfalls einen ganz schön kalten Hintern kriegen, wenn ich nur mit Stiefeln bekleidet im Frühling auf einem Stein sitzen müsste.

Aber ich glaube, Papa hätte bei so einer wie Melissa ohnehin keine Chancen. Selbst, wenn ihm das Bild gefällt.

Oles Mutter kauft nur eine Zeitschrift, die *Familie* heißt. Wir lesen sehr gründlich und stellen fest, dass die Frauen in *Familie* ziemlich viel mögen. Aber das meiste hat mit Essen und Handarbeiten zu tun. Und irgendwo gibt es für Ulla sicher eine Grenze, obwohl sie strickt. Die Zeitschrift des Norwegischen Zahnärztebundes ist auch keine große Hilfe, obwohl Oles Vater sicher gern über Füllungen und Kronen und empfohlene Preise liest.

Leider streikt Oles Rechner. Aber Ine meint, dass das Internet für Frauen in Ullas Alter ohnehin zu modern ist.

Wir legen unser Arbeitszimmer still. Wir haben sowieso keine Zimtschnecken mehr.

»Aber wir können doch mal über Verhütung reden«, sagt Ole eifrig.

Unseren Vortrag hatte ich fast schon vergessen.

Ich seufze tief. »Tut mir leid«, sage ich zu Ole. »Aber ich muss erst das mit der Frau regeln.«

WIE MÄNNER SEIN SOLLTEN

Signe Salvesen ist fast immer zu Hause. »Jetzt kommen die Kinder schon rund um die Uhr angepoltert«, grunzt sie, obwohl wir gar nicht so viel poltern, als wir vor ihrer Tür stehen, und zuletzt waren wir am Mittwoch da.

»Was wollt ihr denn schon wieder?«

»Wir brauchen Frauenzeitschriften«, sage ich.

»Wir brauchen nämlich ... Rezepte«, fügt Ine schnell hinzu.

So kann man das ja auch nennen. Was für eine Vorstellung, dass es ein Rezept dafür gibt, ein Mann zu werden, den Frauen mögen. Vielleicht gibt es irgendwann in der Zukunft auch mal Hoffnung für mich.

Signe Salvesen braucht ohnehin nur die Kreuzworträtsel, und die hat sie längst ausgeschnitten. Wir schleppen einen dicken Stapel Zeitschriften ohne Kreuzworträtsel die Treppe hinunter in meine Wohnung.

»Aber kocht ja nichts mit Knoblauch«, ruft Signe hinter uns her. »Das riecht dann doch bis zu mir nach oben.«

Es ist eigentlich komisch: Ine war sicher schon hundertmal bei mir, ohne ein Wort darüber zu verlieren, wie es hier aussieht. Aber gerade heute hat sie offenbar einen Röntgenblick oder so was. Denn sie stemmt die Hände in die Seiten. »Hier muss geputzt werden!«, erklärt sie.

Sie selbst ist an »reine Flächen« gewöhnt, wie ihre Mutter das nennt. Ines Mutter kämmt sogar die Teppichfransen. Und da kann ich ja verstehen, dass Ine der Unterschied auffällt.

Ich seufze. »Schade, dass wir wieder Strom haben.«

Ine blickt mich fragend an.

»Bei Kerzenlicht war nichts zu sehen«, erkläre ich und puste einen Staubfussel vom Lampenschirm auf den Wohnzimmertisch.

»Kerzen? Das ist doch romantisch!« Ine überlegt zwei Sekunden, dann lächelt sie triumphierend. »Hast du schon mal von der Hauptsicherung gehört?«

Nein, das habe ich nicht. Aber Ine scheint die Hauptsicherung für die Lösung all meiner Probleme zu halten. Ine ist eben eine gute Freundin.

Signe Salvesen hat in ihrem Leben wirklich viele Zeitschriften gekauft.

»Machen Sie Ihr Schlafzimmer zur Oase«, steht auf einer. Mein Schlafzimmer sieht eher aus wie ein Zeitungskiosk, in den jemand eingebrochen ist. Und mitten zwischen all den Zeitschriften auf dem Boden sitzen Ine und ich und sollen herausfinden, wie man ein toller Typ wird.

Ich lege eine Pause ein, zwischen Laila, die durch Algenpillen gesund wurde, und fünf guten Gründen, Avocados zu essen.

»Aber du hast doch eine Mutter«, sage ich zu Ine. »Da musst du doch wissen, was Frauen mögen.«

Ine sieht mich an. »Wir reden hier über Liebe, oder etwa nicht?«

»Doch«, ich räuspere mich.

»Da ziehen wir meine Mutter nicht mit rein.«

Häh? Glaubt sie, ich will ihre Mutter mit Papa zusammenbringen? Um nichts in der Welt. Ab und zu begreife ich nicht, was in Ine vorgeht.

Erst nach einer ganzen Weile fügt sie hinzu: »Ich glaube, Frauen geht es vor allem darum, wie Männer NICHT sein sollten.«

Ich nicke, und dann denke ich ein bisschen nach. Darüber, dass Ine Papa eine Acht geben würde. Wenn Eins die beste Note ist. Aber ich denke auch, dass es dann ja noch zwei Stufen unter ihm gibt. Also sage ich: »Alkoholiker sind sicher nicht besonders beliebt, so zum Beispiel.«

»Oder Männer, die nur an Training denken«, sagt Ine.

Darüber freue ich mich ein bisschen. Denn das ist doch eine gute Nachricht für Papa. Er gönnt sich zwar ab und zu eine Dose Bier, aber Alkoholiker ist er nicht. Und ich hab ihn noch nie, nie in einer Trainingshose gesehen.

Wenn ich ehrlich sein soll, scheinen Frauen sich überhaupt nicht besonders für Männer zu interessieren. Sie interessieren sich für Duftkerzen. Und für Vorhänge, passend zu jeder Jahreszeit. Ich blättere in einer Zeitschrift, die *Frauen und Kleider* heißt, und stelle fest, dass ich Frauen ziemlich seltsam finde.

Plötzlich frage ich mich: War Mama auch so? Hat sie sich zur Dämmerstunde mit einer Tasse gesundheitsförderndem Tee unter einer eleganten Decke zusammengerollt? Oder hat sie vielleicht ihren eigenen Saft aus grünen Pflanzen hergestellt? Es fällt mir schwer, mir so etwas vorzustellen.

Nach einer Weile hebt Ine den Kopf von ihrer Zeitschrift und macht ein nachdenkliches Gesicht. »Hier steht, man muss sich jeden Tag sechsmal umarmen, wenn eine Beziehung halten soll«, sagt sie. »Und jede Umarmung muss mindestens sechs Sekunden dauern.«

Ich starre sie verdutzt an. »Warum das denn?«

»Oxytocin«, liest Ine stockend vor. »Liebeshormon. Das kommt offenbar heraus, wenn man sich lange umarmt.«

Liebeshormon? Ich wusste gar nicht, dass es so etwas überhaupt gibt.

»Aber Papa kann doch nicht dafür sorgen, dass eine Beziehung hält, wenn er noch gar keine hat«, wende ich ein.

»Nein«, sagt Ine. Sie runzelt ein wenig die Stirn. »Und was macht man mit Leuten, die sich nie umarmen? Soll man die dazu zwingen, oder was?«

Ich sehe sie an. »Kennst du Leute, die sich nie umarmen?«

»Das nicht«, sagt Ine. »Das war doch bloß ein Beispiel. Nur mal so theoretisch.«

Sie seufzt und schaut auf die Uhr. »Na gut. Ich kümmere mich um die Einrichtung. Du musst ihn mental vorbereiten.«

»Mental?«, frage ich.

»Mental«, Ine nickt. »Ich habe hier eine Liste mit Turn-ons und Turn-offs gefunden. Die sollte er lesen.« Sie reißt die Seite heraus und gibt sie mir.

»Törnons?«

Ine schüttelt verzweifelt den Kopf. »Weißt du denn gar

nichts? Turn-on bedeutet so was wie einschalten. Oder bestimmt Knöpfe drücken«

»Was denn für Knöpfe?«

»An der Frau natürlich.«

Knöpfe drücken? Ich hab mir doch nicht vorgestellt, dass Papa an Ulla rumdrücken soll. Das nun wirklich nicht.

Also schiele ich skeptisch zu Ine hinüber. »An welcher Stelle soll er denn bei ihr drücken, was meinst du?«

»Idiot«, sagt sie. »Er soll sie doch am ersten Abend nicht gleich ausziehen. Er soll bei ihr sozusagen das Licht einschalten, verstehst du? Ihre Gefühle einschalten.«

Ich nicke langsam. »Okay«, sage ich. »Und Törnoffs?«

»Das ist das, was er NICHT tun darf. Die Dinge, die alles abschalten.« Ine hebt warnend die Hand. »Sich in der Nase bohren, zum Beispiel.«

Na, das wäre immerhin geklärt. Aber ich kann Papa doch nicht so eine Liste zeigen. Denn es ist ja nicht gesagt, dass er überhaupt Lust aufs Schalten hat. So oder so nicht.

»Du solltest das jedenfalls erwähnen«, sagt Ine.

Und dann geht sie nach Hause. Bei Ine haben sie immer zwischen acht und neun Uhr Qualitätszeit.

»Viel auf?« Im Wohnzimmer sitzt Papa, so einigermaßen lässig zurückgelehnt auf dem Sofa. Ich sehe ihn besorgt an. Denn etwas sagt mir, dass er nicht die richtige Einstellung zu dem Damenbesuch morgen hat. Er sieht nämlich ziemlich zufrieden aus. Und das dürfte er jetzt nun wirklich nicht.

Aber Undank ist eben der Welten Lohn oder so. Denn nun habe ich den ganzen Nachmittag damit verbracht, aus ihm einen tollen Typen zu machen. Mit Zeitschriftenlesen und allem. Und was kriegt man dann für seine Mühe?

Rein gar nichts. Ich hatte gehofft, dass Papa aufgeräumt und staubgesaugt hätte und ein bisschen nervös wäre. Aber stattdessen sitzt er mit einem Glas Milch vor dem Fernseher. »Wo eigentlich niemand wohnen kann«, das ist so eine Sendung über Leute, die sich nie rasieren und in irgendeiner Einöde hausen.

Super. Das ist sicher diese Hütte im Wald, von der er träumt.

»Ine und ich arbeiten an ... einem Projekt«, sage ich nur.

MENTALES TRAINING

Der Wecker klingelt, und als ich die Augen öffne, lese ich »lange Nasenhaare«. Das ist doch wenigstens mal ein anderer Tagesbeginn.

Aber ich begreife sofort, was passiert ist. Ich bin anscheinend auf der Liste mit den Törnoffs eingeschlafen. Und jetzt wiederhole ich in Gedanken »lange Nasenhaare«, während ich versuche, mir ein Bild von Papa vor Augen zu rufen. Aber das schaffe ich einfach nicht.

Deshalb wickele ich die Decke fest um mich und setze mich im Bett auf. Es bringt ja doch noch nichts, schon aufzustehen. Wir haben nämlich bei uns Bad und Toilette in einem Raum, und jeden Morgen sitzt Papa mit der Zeitung und einer Tasse Kaffee eine Ewigkeit auf dem Klo. Er nennt das »seine politische Viertelstunde«. Papa hat wirklich überhaupt kein Zeitgefühl.

Ich strecke die Hand nach einem Bleistift auf dem Nachttisch aus und lese weiter, während ich warte:

Schweißgeruch
Mundgeruch
Gelbe Zähne
Ungepflegte Zehennägel

Na gut. Ich fühle mich aber nicht abgeschreckt. Und mein Optimismus wächst mit jedem Punkt, den ich durchstreiche. Papa riecht schließlich ganz normal und putzt sich jeden Abend die Zähne. Manchmal zwar mit meiner Zahnbürste, aber das ist ja wohl nicht Ullas Problem. Und was seine Zehennägel angeht, die sind mir nun wirklich schnurz. Kann ja sein, dass die nicht ganz frisch geschliffen sind, aber Papa wird ja nicht schon am ersten Abend wie verrückt mit nackten Zehen wedeln. Also echt.

Weiter unten wird die Liste noch besser. Es stellt sich heraus, dass Frauen Männer, die *genau WISSEN, dass sie attraktiv sind,* ganz und gar nicht mögen. Und ich streiche diesen Punkt zufrieden durch. Papa ist nicht attraktiv, und das weiß er auch. Das hier läuft wirklich über alle Erwartung gut.

Über den letzten Punkt kann ich nur lachen. *Männer, die allen Frauen hinterherlaufen,* steht da.

Ermutigt blättere ich weiter zu den Törnons. Das ist der Kram, der Frauen also sozusagen einschaltet.

Ein fester Blick steht da ganz fett. Denn *wenn man den Blick bewusst einsetzt, kann man eine Frau auf der Stelle zum Schmelzen bringen.*

Schmelzen? Ich versuche wieder, mir Papa vorzustellen. Und ich frage mich ein bisschen, was es eigentlich bedeutet, den Blick bewusst einzusetzen. Ein bisschen hierhin schauen und ein bisschen dahin, vielleicht? Denn das tut er doch ab und zu.

Ansonsten geht es bei den meisten Punkten um Ausstrahlung. Man soll Selbstvertrauen ausstrahlen, zum Beispiel. Eine positive Grundeinstellung und Lebensfreude, und alles in großen Mengen. Ich werde ein bisschen skeptisch. Denn bei meinem Vater geht das meiste wohl nach innen. Ich glaube also, dass ihm Nach-innen-Strahlen viel mehr liegt.

Aber man kann ja trotzdem hoffen, dass ein oder zwei Strahlen durchkommen. So ab und zu mal, meine ich.

Dann seufze ich ein bisschen und schaue auf die Uhr, während ich höre, wie Papa da drinnen auf dem Klo die Zeitung umblättert. Es ist schon möglich, dass er ein politisch interessierter Mensch ist. Und es ist auch vorstellbar, dass er etwas aus sich herauslässt. Aber dann wohl kaum eine positive Grundeinstellung und Lebensfreude.

Ich lese weiter in der Liste und finde, dass Frauen ganz schön anspruchsvoll sind. Denn mein armer Papa soll nicht nur strahlen und andere zum Schmelzen bringen, nein, er soll dazu noch *reflektiert* und *belesen* sein. Ganz zu schweigen von *geheimnisvoll.* Was also wollen diese Frauen denn eigentlich? Einen Mann mit einer dunklen Sonnenbrille, der über Ibsen redet?

Papa zuliebe hoffe ich, dass Frauen Pferdeschwanz und Cordhose geheimnisvoll finden. Und dass sie Kenntnisse über Hüttentoiletten wirklich zu schätzen wissen.

Endlich zieht Papa ab und lässt wie üblich die Tür offen stehen, als er in die Küche geht, um sich noch eine Tasse Kaffee einzuschenken.

Sollte auf diskrete Weise gut riechen, lese ich am Ende.

Wir frühstücken. Ich beobachte Papa verstohlen. An seinen Nasenhaaren ist nichts auszusetzen.

»Papa«, sage ich, so lässig ich nur kann. »Setzt du deinen Blick oft bewusst ein?«

»Meinen Blick«, fragt Papa. »Wieso denn?«

»Ein bewusst eingesetzter Blick ist offenbar etwas Gutes«, sage ich und lasse ihn nicht aus den Augen.

»Aha«, sagt Papa und liest weiter. »Kann sein, dass ich mir dann eine neue Brille zulegen sollte.«

Eine neue Brille? Er kapiert überhaupt nicht, dass ich ihn gerade mental trainiere. Hier muss man offenbar Klartext reden.

Ich räuspere mich. »Also, freust du dich darauf, dass du dich heute Abend mit Ulla triffst?«

Die Wirkung ist eindeutig. Papa erstarrt sofort. »Ulla? Heute Abend?«

So viel zum Thema Klartext reden. Da haben wir's. Und ich kann fast nicht glauben, dass Papa sie vergessen hat. Nach allem, was ich für ihn getan habe.

Auch gestern Abend, als ich doch glaubte, es sei ihm egal, wie es hier aussieht: In Wirklichkeit hat er sie ganz einfach vergessen. Ich weiß wirklich nicht, was schlimmer ist.

Papa schaut sich um. Mit einem überaus bewusst eingesetzten Blick. »Das geht doch nicht«, sagt er.

»Warum nicht?«, frage ich.

»Ich kann nicht mehr aufräumen«, sagt Papa. »Ich muss heute bis halb acht arbeiten.«

Schön. Also findet er es plötzlich doch wichtig.

»Ich kann aufräumen.«

»Du?« Papa sieht ein bisschen zu überrascht aus, finde ich. Er vergisst ganz, dass kein Zimmer hier so aufgeräumt ist wie meins. Trotz allem.

Ich nicke. »Es wäre doch ein bisschen traurig für sie, wenn du absagen müsstest? Sie freut sich doch sicher.«

Papa sieht skeptisch aus. In mehrfacher Hinsicht. »Sicher?«, fragt er dann.

»Jepp«, sage ich.

Wir schweigen ein bisschen, und Papa sieht besorgt aus, und ich versuche ganz beiläufig zur Tagesordnung überzugehen. Denn ich habe noch einiges mehr auf dem Herzen.

»Also, worüber werdet ihr wohl reden, was meinst du?«

Papa seufzt. »Nicht über viel, glaube ich. Vor allem sicher über Stricken.«

»Vielleicht mag sie Ibsen?«, frage ich.

»Sie mag Wolle«, sagt Papa.

KNÄCKEBROT UND IBSEN

»Ich habe einen Plan für unser weiteres Vorgehen erstellt«, sagt Ine.

Für unser weiteres Vorgehen erstellt. Wenn Papa manchmal etwas auf meine Bananen schriebe, würde ich vielleicht auch solche Formulierungen benutzen. Aber das wird wohl nie passieren.

»Hab mir auch ein paar Gedanken gemacht«, murmele ich und ziehe eine Liste aus meiner Schultasche.

Es ist große Pause, und Ine und ich sitzen hinter dem Schuppen auf dem Schulhof, mit unseren Pausenbroten und unseren Listen.

Ines Liste sieht so aus:

Kissen
Ökokost
Duftkerzen
Kram

Meine sieht so aus:

Lebensfreude und eine positive Grundeinstellung
Wissen
Geheimnisvolles Wesen
Selbstvertrauen

Ich bin also wirklich philosophischer als Ine. Aber sie ist mit der Planung viel weiter gekommen, das muss ich ihr lassen. Ganz im Geheimen hat sie Kissen und Vanillekerzen in zwei Müllsäcke gestopft und zudem so viele Snacks in einer Tupperwaredose mitgehen lassen, wie sie sich getraut hat.

Ich habe nur einen Einwand: »Muss es wirklich so wahnsinnig gesund sein?«

»Ja«, sagt Ine und kaut auf einem Stück grüner Paprika aus ihrer Proviantdose. »Frauen interessieren sich für Ernährung. Das hast du doch selbst gesehen.«

»Papa nicht«, sage ich.

»Aber es geht ja gerade nicht darum, dass er heute Abend so richtig er selbst sein soll«, sagt Ine genervt.

Sie hat sicher Recht. Darum geht es wohl nicht.

Wir machen mit meiner Liste weiter.

»Das Problem«, sage ich, »besteht darin, dass Papa nicht ganz so toll ist, was Ausstrahlung angeht.«

Ine stimmt mir da leider zu. »Wir müssen seine Sachen wohl auf eine andere Weise vorführen.«

Ich sehe sie an. »Seine Sachen?«

»Was er kann und so. Seine Persönlichkeit sozusagen.«

Weit hinten in meinem Hinterkopf taucht plötzlich ein Satz aus einer der Zeitschriften auf, die ich gelesen habe: *Zeig mir dein Haus, und ich sage dir, wer du bist.*

Ich mache mir sofort wieder Sorgen. Denn genau das soll Papa doch tun. Er soll sein Haus zeigen. Und ich hoffe wirklich, dass die Pizzakartons und die Wollmäuse nicht gar zu viel darüber erzählen, wer er ist.

Aber gleich darauf kommt mir glücklicherweise eine Idee. Etwas, das Signe Salvesen mir erzählt hat. Dass man über einen Mann viel lernen kann, wenn man rausfindet, was er liest.

»Die Bibliothek!«, sage ich zu Ine. »Wir können die Bücher ausstrahlen lassen, wer Papa ist.«

Ine sieht ein bisschen skeptisch aus.

»Oder ... was ihm fehlt«, füge ich hinzu.

»Du meinst, Lebensfreude und eine positive Grundeinstellung, geheimnisvolles Wesen und Selbstvertrauen?«, liest Ine von meiner Liste ab. Das ist ganz schön viel.

»In der Welt der Bücher ist sicher alles möglich«, sage ich.

»Du kannst Sellerie schneiden.«

Ine lässt im Flur die zwei Müllsäcke auf den Boden fallen. Es ist schon sieben, und ich habe aufgeräumt. »Ich habe auch selbst gebackenes Knäckebrot«, sagt sie lächelnd. »Mit Algen.«

Wir sind ein gutes Team, Ine und ich, als wir schneiden und ordnen und verzieren. Und ich sehe bald ein, dass die Zeitschriften Recht haben: Es gehört wirklich nicht so viel dazu, ein Zuhause aufzupeppen. Bald kann es unsere Wohnung in jede Zeitschrift schaffen. Mit Kissen und allem Drum und Dran.

Ine krönt das Werk mit einer grünen Decke. »Falls Ulla sich unter einer Decke in zarten Frühlingsfarben auf dem Sofa zusammenrollen möchte«, sagt sie. Und sieht ein bisschen stolz aus.

Ich blicke mich zufrieden um, sehe mir Kerzen und Sellerie an, und dann schaue ich auf die Uhr. Noch eine halbe Stunde. Bald kommt Papa. Und bald kommt die üppige Ulla. Die ihn vielleicht gerade rücken wird.

»Oi! Fast hätte ich das Wissen vergessen!«, sagt Ine plötzlich und verschwindet in dem einen Müllsack. Sie zieht ein Buch von Ibsen mit dem Titel *Kaiser und Galiläer* heraus. »Das war das dickste, das sie in der Bibliothek hatten«, erklärt sie zufrieden. »Was ist mit dir? Hast du dich um die Punkte Lebensfreude und positive Grundeinstellung gekümmert?«

Ich nicke. *Tausendundein Witz für Kinder jeglichen Alters* liegt schon auf dem Wohnzimmertisch.

»Und was ist mit Selbstvertrauen?«

Ich muss zugeben, dass ich ein bisschen unsicher war. Aber ich habe eine Urkunde, die Papa bekommen hat, an die Wand über dem Sofa gehängt. Mit Heftzwecken. Für seinen »tadellosen Einsatz in der Betriebssportgruppe«. Und die Zeichnungen auf dem Diplom stellen Männer dar, die Handball spielen. Mit Muskeln und allem. Aber eigentlich hat Papa nur bei der Skilanglauf-Staffel am Holmenkollen mitgemacht. Ein einziges Mal, die kürzeste Etappe.

»Dann fehlt uns nur noch etwas Geheimnisvolles«, sagt Ine. Sie zieht noch ein Bibliotheksbuch aus der Tasche.

Vielleicht nicht ganz Papas Stil, aber es muss eben reichen. Wir legen *Klebegeister und ihre Wirkung* neben den Sellerie.

Papa kommt natürlich zu spät. Um fünf vor acht steht er mit verdutzter Miene im Wohnzimmer und schaut sich im Vanilleduft mit zusammengekniffenen Augen um. »Der Strom?«, mehr sagt er nicht.

»Der ist offenbar wieder ausgefallen«, lüge ich. Ine hat wirklich eine Zukunft als Elektrikerin, wenn sie nicht Anwältin werden will.

Papa sagt nichts darüber, dass es romantisch aussieht. Doch das tut es. Duftkerzen und Sellerie und Knäckebrot. Mit Algen. Aber ich glaube, er spürt den Ernst der Stunde.

Gleich darauf klingelt es. »Versuch, über Ernährung zu sprechen«, sage ich zu Papa, als er aufmachen geht. »Oder über Ibsen.«

Als Nächstes höre ich ganz viel lautes Lachen und eine Frauenstimme, die sagt: »Wie gemütlich.«

Und Ine und ich klettern diskret aus dem Fenster.

»Was ist eigentlich ein Klebegeist?«, frage ich.

»So ein Geist, der sich an Leuten festklebt und nicht weggehen will«, sagt Ine. »Wenn man an so was glaubt.«

ULLA NILSEN

»Clair de lune« ist ein unglaublich nerviges Stück. Für mich jedenfalls, obwohl ich es noch nie gehört habe.

Ine geht nämlich zum Klavierüben nach Hause, und ich sitze allein auf der Schaukel draußen auf dem Hinterhof. Dort baumele ich mit den Beinen und merke, dass ich besser eine Jacke angezogen hätte. Und dass ich ein Butterbrot hätte mitnehmen sollen.

Denn man kann ja nicht wissen, wie lange Leute brauchen, um sich zu verlieben.

Signe Salvesen kommt vorbei. Sie war sicher beim Bingo, heute ist Donnerstag. Sonst geht sie vor allem sonntags aus. Und da sie richtig alt ist, glauben sicher viele, dass sie in die Kirche geht. Aber das tut sie nicht. Sie geht einfach in das Haus neben der Kirche. Denn Signe Salvesen findet Gott gar nicht so toll. Sie findet die Frau toll, die für den Kirchenkaffee danach bäckt. Oder genauer gesagt: Sie findet die Kringel dieser Frau toll.

»Hier sitzt du also«, sagt Signe, als ob ich eigentlich anderswo sitzen müsste. Sie zeigt auf unseren Eingang. »Sag mal, hab ich da eben Ulla Nilsen gesehen?«

Ich lächele überrascht. »Sie heißt jedenfalls Ulla«, sage ich. »Und sie soll meinem Vater Stricken beibringen.«

»Das wird ihr schon gelingen«, sagt Signe.

»Wirklich?«, frage ich.

Signe nickt. »Der Pastor ist jetzt ein richtiger Sockenexperte, obwohl er jedes Mal versucht hat, sich zu verstecken. Hinter der Kanzel oder sonst wo.«

»Der Pastor?«

»Ulla gibt jeden Sonntag nach dem Kirchenkaffee einen Kurs«, erklärt Signe. »Und der Pastor hat eine Sterbensangst vor ihr. Man wird sie einfach nicht los. Und er ist doch Junggeselle, der Arme.«

Jetzt weiß ich es wieder. Der Pastor ist doch der Typ, der so gegen Fastnacht jedes Jahr mit einer lila Sammelbüchse in die Schule kommt. Er sieht sehr lieb aus, und ein bisschen ängstlich. Und offenbar kann er Socken stricken.

»Es kommt immer darauf an, was man mag«, sagt Signe. »Die einen wollen fressen, die anderen wollen gefressen werden.«

Und dann geht sie.

Ich denke sofort an Gottesanbeterinnen. Es ist schon komisch, wie das Gehirn arbeitet.

Denn Gottesanbeterinnen sind kleine Insekten, die Ähnlichkeit mit Heuschrecken haben. Im vorigen Jahr habe ich in der Schule einen Aufsatz über sie geschrieben. Und sie sind wirklich seltsame Tiere, vor allem bei der Paarung. Ich kann mich noch immer an zwei Sätze aus dem Buch erinnern.

»Bei der Paarung ist das Männchen stark gefährdet. Es

kommt durchaus vor, dass das gierige Weibchen das Männchen frisst, und manchmal reißt es ihm während des Akts auch den Kopf ab.«

Das gierige Weibchen, ja. Und ich erinner mich auch noch an mehr. Ein bisschen zu viel, eigentlich. Oma hat mal gesagt, ich hätte ihr »klebriges Gehirn« geerbt. Gegen meinen Willen kann ich mich deshalb auch an die nächsten Sätze wortwörtlich erinnern:

»Das kann grotesk wirken, zugleich aber führt es dem Weibchen, das Eier legen und die Art weiterführen soll, Nahrung zu. Das Männchen (oder das, was von ihm noch übrig ist) setzt die Paarung fort, auch wenn es halbwegs aufgefressen worden ist.«

Das, was von ihm noch übrig ist! Ganz schön beeindruckend. Ich persönlich würde lieber ins Kloster gehen. Da kann man sich nie paaren, aber man wird auch nie gefressen. So ein Gottesanbetermännchen dagegen hat keine Wahl.

Das ist mir jetzt klar: Ein Männchen zu sein, ist ein Risikosport. Jedenfalls im Tierreich.

Und vermutlich auch bei uns zu Hause im Wohnzimmer, in diesem Moment, zwischen Sellerie und Duftkerzen. Wo Ulla bald die Stricknadeln in Papa bohren wird.

Hilfe, was habe ich angerichtet? Meinen eigenen Vater in die Arme eines strickenden Ungeheuers geworfen?

Plötzlich wimmeln alle Arten von Bildern über meine Netzhaut oder meine Hornhaut oder wie das nun heißt: eine Gottesanbeterin mit Stricknadeln. Ein allesfressendes Ungeheuer, vor dem sich sogar der Pastor fürchtet.

Ich schlucke. Mein armer Papa. Der bald gefressen werden

wird, Stück für Stück. Von einem Ungeheuer, das ICH ins Haus geholt habe.

Oh doch, ich weiß sehr wohl, was passiert. Denn am Ende, wenn Ulla Papa so ziemlich weit den Kopf abgerissen hat, dann gehört er sozusagen ihr. Nicht mir. Und dann ist er kein Papa mehr. Nur Ullas Typ, Ullas Freund, oder noch schlimmer: Ullas Mann. Mit Strickzeug. Und ohne einen einzigen selbstständigen Gedanken im Leib.

Und da sitze ich dann. Und dann ist es wirklich keine Hilfe, wenn Ulla Rosinenbrötchen bäckt oder Bananen beschriftet. Denn dann gibt es nie mehr Füße auf dem Tisch oder Pizzakartons unter der Anrichte in der Küche. Kein Gespräch unter Männern, mit stinkenden Socken. Keine kleinen Finger, die sich gegenseitig berühren. Nur Knäckebrot und bestimmt auch Algen.

Tja, so kann es gehen: Ich habe ganz einfach vergessen, an mich zu denken. Denn eine Frau für Papa zu suchen, war das eine – aber wünsche ich mir eigentlich eine neue Mama? Eine, die die ganze Zeit mit uns zusammen ist, die über alles bestimmt? Und die strickt?

Noch etwas geht mir plötzlich in seinem ganzen Schrecken auf: Ich werde ein handgestricktes Kind sein. Mit solchen Strickhosen, wie wir sie im Kindergarten unter den Overalls trugen. Die noch durch die Strumpfhosen durch kratzten. Und mit einer Gottesanbeterin als Stiefmutter, die kommandiert und laut lacht und bestimmt die ganze Zeit neue Vorhänge anbringt.

Nein und nochmals nein. Ich wollte Papa doch nur gerade rücken. Den Erdball und den ganzen Kram. So kann man sich also irren. Denn hier ist überhaupt nichts mehr gerade. Alles ist krumm. Da ist bestimmt nichts mehr zu retten.

»Nein, Anton«, sage ich zu mir. »Das geht nicht.« Und ich habe Recht. Das hier geht wirklich nicht, absolut nicht. Ulla kann so viele Bananen beschriften, wie sie will – nie im Leben werde ich ihr handgestrickter Stiefsohn!

Wenn ich jetzt meine Liste vor der Nase hätte, würde ich Folgendes daraufschreiben:

Ziel: Traumfrau abwickeln. (Eilt!)
Wie: kein attraktiver Stiefsohn sein. (Eilt auch.)

Jetzt könnte ich einen Plan gebrauchen. Und Ine müsste hier sein.

WIE MAN EINE GOTTESANBETERIN VERSCHEUCHT

So ein Strickunterricht ist bestimmt ganz schön intim. Ich glaube, ich verstehe, warum der Pastor sich versteckt. Denn so sieht es gerade auf unserem Sofa aus: Zwischen Sellerie und Klebegeistern und Witzen für Kinder jeglichen Alters: Ulla und Papa, wie eine Art Tintenfisch mit zwei Armen auf jeder Stricknadel. Und Ulla lenkt, während Papa sich anklammert, als wäre er ins Wasser gefallen und als wären die Stricknadeln der Rettungsring.

Das macht Eindruck.

Und als ob das nicht genug wäre: Ulla weiß nicht, dass Papa weitsichtig ist, und schiebt ihm das Strickzeug so nahe vor die Augen, dass er fast schielt. Bei dieser Beleuchtung sieht das fast ein bisschen unheimlich aus.

Ich entere das Wohnzimmer und entschließe mich zum Improvisieren. »Hallöchen«, sage ich und halte das für einen guten Einstieg.

Papa schaut von den Stricknadeln auf. Er sieht erleichtert aus.

»Das ist mein Sohn«, stellt er mich vor.

Gleich darauf macht sich Ulla mit einer gewaltigen Umarmung und ebensolchen Brüsten über mich her. Ich erkenne sie wieder. Die nach allen Seiten fliegenden Locken und die klirrenden Ohrringe, fast überall um mich herum. »Du bist also Anton.« Das ruft sie schon fast.

»Ja«, sage ich, winde mich aus ihrem Busen und presse mich blitzschnell auf Ullas Platz auf dem Sofa, ehe sie sich wieder setzen kann. Und dann sitze ich zwischen den beiden. Ein bisschen eng.

Ulla legt das Strickzeug weg, und Papa macht sich erleichtert über eine Selleriestange her. Dann kaut er sehr schnell und sehr lange.

»Du bist also Anton«, sagt Ulla noch einmal und noch zuckersüßer. Es riecht jetzt ganz schön stark nach Vanille. Bei genauerem Nachdenken hätten vielleicht nicht alle Kerzen Duftkerzen sein müssen.

Ich nicke. Klar doch, denke ich, ich bin noch immer Anton. Aber möglicherweise sollte ich jetzt ein etwas anderer Anton sein. Oma sagt immer, dass im Krieg und in der Liebe alles erlaubt ist. Und das hier ist wohl von beidem etwas.

»Und womit beschäftigst du dich denn gern?«

»Müßiggang«, antworte ich. Das kommt ganz von allein. Ich habe noch nie so richtig gewusst, was Müßiggang bedeutet, aber alte Leute und Strickmonster wie Ulla wissen es bestimmt. »Und ich bin in den Flegeljahren«, füge ich zufrieden hinzu.

Doch. Das klingt gut. Ein Sohn in den Flegeljahren, der Müßiggang treibt, muss doch abschreckend genug wirken.

»Ach ja?«, sagt Ulla und sieht noch immer irritierend freundlich aus. »Ich mag Jungs mit Humor.«

Und dann setzt sie sich auf Papas andere Seite und drückt ihm wieder das Strickzeug ins Gesicht. Papa stopft sich den Rest des Selleries in den Mund und strickt gehorsam drauflos.

Ich weiß nicht mehr weiter. Darüber hätte ich mich informieren müssen: wie man Frauen wegekelt. Diese Törnons waren jedenfalls totale Zeitverschwendung. Was jetzt?

In meinem Leben sorgt eigentlich meistens Ine für Ordnung. Und wenn ich mir das genauer überlege, dann hat sie mich eigentlich verwöhnt. Sogar sehr. Deshalb finde ich, dass es eigentlich nicht meine Schuld ist, wenn ich jetzt hier wie gelähmt neben einem strickenden Tintenfisch sitze und keine Ahnung habe, was ich tun soll.

Jetzt müsste jemand anrufen, um Papa einen sechs Meter langen Urinablaufschlauch abzukaufen. Oder ein Klo der Marke Dovre-Nils in gebeizter Birke. Aber in unserer Familie haben wir eben nie Glück. Sozusagen überhaupt nicht.

Und die Törnoffs gelten wohl nicht für Söhne? Ich überlege. Nasenhaare habe ich nicht, und die Vanillekerzen würden jeden schrecklichen Mundgeruch neutralisieren.

Dennoch ist Papa es wert, dass ich für ihn kämpfe; hier soll nichts unversucht bleiben. Ich ziehe jedenfalls die Socken aus. Ich habe schließlich ziemlich lange Nägel an meinen beiden großen Zehen.

Aber nein. Die sieht natürlich niemand. Sie haben sich beide wieder tief im Strickzeug vergraben. Und es sieht noch unheimlicher aus als vorhin.

Zuerst spiele ich mit dem Gedanken, die Füße auf den Tisch

zu legen und ganz energisch mit den Zehen zu wackeln. Aber dann geht mir auf, dass das gefährlich sein könnte, die Vanillekerzen stehen schließlich dicht an dicht. Und irgendwo gibt es eine Grenze: Ich verbrenne mir nicht die Zehen, um eine Frau wegzuekeln.

Da sitze ich nun also auf dem Sofa, ohne Socken und mit einem strickenden Paar, das mich und meine Zehennägel glattweg übersieht. Mit einer, die fressen will. Und einem, der gefressen werden wird.

»Ich überlege, ob ich nicht gern eine Ratte hätte«, sage ich plötzlich.

Papa schaut mich verwundert an. Und ich bin ebenfalls ziemlich überrascht von mir selbst. Ab und zu bin ich offenbar ganz schön erfinderisch, ohne vorher nachzudenken. Denn Jungen mit Humor zu mögen, ist das eine. Etwas ganz anderes ist es, Ratten zu mögen. Hoffe ich.

»Dann hast du wohl meine Allergie vergessen«, sagt Papa über das Strickzeug blickend.

Typisch. Abgeschossen. Vom eigenen Vater. Der nicht weiß, was gut für ihn ist.

»Oder vielleicht eine Gottesanbeterin«, höre ich mich sagen. Meine Güte. Jetzt bin ich wirklich beeindruckt. Und ich füge laut und deutlich hinzu: »Bei diesen Insekten frisst die Frau den Mann bei der Paarung.«

Das hat gesessen, denke ich. Ich lasse den Satz in der Luft hängen und versuche, Papa vielsagend zuzunicken.

Keine Reaktion.

»Jetzt ziehst du den Faden viel zu stramm an«, sagt Ulla. Aber leider bin nicht ich gemeint, denn sie redet nur über Papas Strickerei. Und weder sie noch Papa scheinen sonderlich empfänglich für neue Informationen über die Gottesanbeterinnen und deren Welt zu sein.

Nachdenken, Anton, nachdenken! Was hassen Erwachsene an Kindern denn ganz besonders?

Ich denke nach. Und das Einzige, was mir einfällt, ist Rotz essen. Aber das wirkt nun wirklich nicht verlockend.

Plötzlich bleibt mein Blick noch einmal zwischen den Duftkerzen auf dem Tisch hängen. Und nun weiß ich es. Natürlich: Mit dem Essen spielen!

Es ist nicht leicht, sich eine Selleriestange ins Nasenloch zu bugsieren. Und in meinen Ohren ist es fast noch enger, auch wenn sie von außen riesig sind.

Da sitze ich also, Anton Albertsen, fast dreizehn, und schnitze eine Selleriestange zurecht, damit sie in meine Nase passt. Ja, die Welt ist ein seltsamer Ort.

Die nächste Herausforderung besteht darin, den Sellerie zum Festsitzen zu bringen. Aber es stellt sich heraus, dass die Lösung im Einatmen besteht. Und zwar permanent. Denn immer, wenn ich ausatme, fliegt der Sellerie wieder heraus.

Okay. Anton Albertsen ist bereit zur Sellerieshow des Jahrhunderts. Ich schiebe mir den Sellerie so tief in die Nase, wie ich es überhaupt nur wage, dann halte ich den Atem an. Das kann ich auch sehr gut. Aber mit angehaltenem Atem zu reden, geht nicht so leicht.

»Schaut mal her«, versuche ich zu dem strickenden Paar zu sagen.

Aber es klingt überhaupt nicht wie »schaut mal her«. Es

klingt wie ein akuter Asthmaanfall. Und nun muss ich sofort husten.

Als sich Ulla und Papa endlich zu mir umdrehen, liegen zwei Selleriestangen auf meinen Knien. Außerdem muss ich mehrmals niesen, aber niemand hält mich deshalb für einen ekelhaften und wenig verlockenden Bengel.

Und das Einzige, was aus meinem Mund kommt, ist: »Gott, ich hasse Strickhosen!«

Wieder lacht Ulla. Lange und laut. »Das hier wird wohl nur ein Topflappen«, sagt sie.

Ich sehe jetzt ein, dass wir unsere Sache zu gut gemacht haben, Ine und ich. Unsere Wohnung ist zu gemütlich. Und deshalb lösen sich all meine Ideen am Ende nur in Gemütlichkeit und Duft und Harmonie auf.

Aber gleich danach denke ich: Duft kann so vieles sein. Und gleich danach denke ich: Knoblauch. Und nun bin ich ziemlich zufrieden. Denn Knoblauch macht Mundgeruch. So schlimmen Mundgeruch, dass vielleicht alle Vanille neutralisiert wird. Und so schlimmen Mundgeruch, dass es hoffentlich zum echten Törnoff wird.

Ich habe noch nie rohen Knoblauch gegessen. Aber was sein muss, muss sein. Einen Moment lang fürchte ich geradezu, dass Papa und Ulla in die Küche gestürzt kommen, um mir eine Mund-zu-Mund-Beatmung zu verpassen. Denn es brennt dermaßen im Hals, dass ich wie ein Verrückter huste. Und danach muss ich mir mehrere Minuten lang die Tränen abwischen, ehe ich wieder ins Wohnzimmer gehen kann.

Aber dann muss es natürlich klingeln.

Es ist Ine. Sie weicht sofort mehrere Meter weit zurück.

»Ich hab dich gesucht!«, faucht sie quer durch den Flur. »Was machst du denn da drinnen? Kapierst du nicht, dass du die beiden in Ruhe lassen musst?«

»Nein, das muss ich eben gerade nicht«, flüstere ich zurück.

»Doch, er muss das alleine schaffen«, Ine fuchtelt mit der Hand vor ihrer Nase herum. »Das ist etwas für Erwachsene. Was für ein Glück, dass ich dich zufällig durch das Fenster gesehen habe. Dich auch noch zwischen die beiden zu setzen …«

»Du begreifst das nicht …«, fange ich an, aber plötzlich steht Ulla hinter mir.

Ich werde sofort sehr still.

»Heißa«, ruft Ulla und lacht so heftig, dass ihre Ohrringe klirren. »Das ist also deine Freundin?«

Ine streckt die Hand aus und macht einen guten Eindruck. »Ich wollte Anton nach draußen holen«, sagt sie überaus deutlich.

Schön. Die Schlacht ist verloren. Ich kann nicht einmal abwehrend den Kopf schütteln, denn Ulla sieht mir ins Gesicht. »Das klingt doch richtig nett, Anton!«, sagt sie. Als ob sie meine Mutter wäre oder so etwas.

Ich schiebe meine nackten Füße in die Stiefel, streife meine Jacke über und gehe mit Ine. Zum Glück habe ich die Wolldecke vom Sofa gefegt, als ich gegangen bin. Denn hier darf sich auf keinen Fall jemand in zarte Farben einrollen, während ich draußen bin.

»Was hast du eigentlich gegessen?«, ruft Ine mir quer über die Straße zu.

»Rohen Knoblauch«, antworte ich. Und dann erzähle ich Ine, was passiert ist. Ich erwähne auch, was die Gottesanbeterinnen mit ihren Männern anstellen, nur um den Ernst der Lage zu betonen.

»Und der Pastor ist jetzt Sockenexperte«, beende ich meinen Bericht.

»Daran wird er ja wohl nicht sterben«, sagt Ine.

»Nein«, sage ich, »aber er hat sehr ängstlich ausgesehen, als er zuletzt in der Schule war.«

Ine überlegt. »Meinst du, das war wegen Ulla?«

»Garantiert«, sage ich. »So ein Pastor soll doch eigentlich die ganze Zeit gut gelaunt sein.«

»Hm«, sagt Ine.

»Hm«, sage ich.

»Und du bist sicher, dass es deinem Vater nicht gefällt?«, fragt Ine.

»Was denn?«

»Frauen mit gutem Appetit.«

»Ich soll ihn doch nur gerade rücken«, sage ich. »Und nicht verschwinden lassen.«

Wir setzen uns auf die Wippe und wippen lange auf und ab, ohne etwas zueinander zu sagen. Das ist natürlich kein Spielen. Sondern eher eine Therapie.

»Dass die Leute das über sich bringen«, sagt Ine nach einer Weile.

»Was denn über sich bringen?«

»Liebe und so was.« Wir wippen noch ein bisschen.

»Liebe ist doch was Gutes«, sage ich und sehe sie an. Ihre Augen kommen mir irgendwie ein bisschen dunkler vor als sonst.

»Vielleicht«, sagt Ine. »Und vielleicht was sehr Schweres.«

Wir schweigen eine Weile. »Müsstest du nicht eigentlich zu Hause sein und üben?«, frage ich.

»Plan geändert«, sagt Ine kurz.

In dieser Nacht träume ich, dass Ulla eine Spinne ist, die Papa in eine gewaltige Strickhose einstrickt. Und ich versuche ihn zu retten, aber überall ist Wolle, um meine Arme und Beine, ich zappele und strampele, doch ich komme nicht weiter.

KANN SEIN, DASS ICH EINE BRILLE BRAUCHE

Niemand hat mir gesagt, dass der Geruch von rohem Knoblauch einfach nicht verfliegt.

Aber Ine macht es mir ziemlich deutlich. Wir stapfen Hand in Hand durch die Turnhalle, und sie wendet sich bei jedem Atemzug ab.

Ich bin sicher der einzige Junge in unserer Klasse, der in der Sportstunde gern Polonaise übt. Kein Umziehen in der Umkleide und kein Ball. Außerdem bin ich so klein, dass ich unter den Reihen aus Paaren, die die Arme zum Bogen heben, hoch erhobenen Hauptes dahinschreiten kann, während die anderen den Rücken krumm machen müssen.

Sara und Vilde haben gelost, wer Kevin nehmen darf, und manche haben mehr Glück als andere. Sara geht vor uns, Hand in Hand mit Ole. Sie versucht nicht einmal, den Takt zu halten.

Wir üben für die große Schulabschlussfeier, unsere letzte auf der Grundschule. Wir müssen Anzüge und Kleider tragen, und unsere Eltern werden wahrscheinlich losheulen. Und eigentlich ist ja auch so vieles zum Heulen. Jedenfalls für die Eltern, die einen Sinn für Rhythmus haben.

Aber Kevin ist eine Ausnahme. Er schafft es, auszusehen, als wäre ihm alles, was Stil heißt, einfach scheißegal, und zugleich

Vilde durch die Halle zu führen, als wäre er ihr Bräutigam oder so etwas. Bestimmt wird er später mal Diplomat. Oder heiratet in die königliche Familie ein.

Anne, unsere Musik- und Tanzlehrerin, schaltet das CD-Gerät aus. »Wir schaffen sogar noch einmal die Abschlussnummer zu üben«, sagt sie.

Jetzt bricht zwar nicht gerade wilder Jubel aus, aber wir lassen einander los und klettern brav auf die Bühne. Denn unsere Turnhalle hat auch eine kleine Bühne, mit einem Vorhang und einem ungestimmten Klavier, das fast noch alle Saiten hat.

»Stellt euch so auf, wie wir abgemacht haben«, sagt Anne und schaltet das CD-Gerät wieder ein.

Irgendwer hat beschlossen, dass wir sieben Jahre Schule mit einem gemeinsamen Lied abschließen sollen. »Geschwister von morgen«. Das haben wir auch in der ersten Klasse gesungen.

So ist das. Sieben Jahre Schule und nichts hat sich geändert: Ich muss noch immer in der ersten Reihe stehen, um gesehen zu werden.

»Weißt du noch, wie wir davon geträumt haben, das Brett nach ganz oben zu legen?«

Ine starrt zu den Baumwipfeln hoch. Ich auch.

Klar weiß ich das noch. Wir haben oft darüber geredet. Dass wir einmal, wenn wir groß wären, nach ganz oben wollten. Das Brett zwischen einen ziemlich dicken Ast in dem einen und einen etwas dünneren in dem anderen legen. Auf derselben Höhe. Und dann wollten wir da oben aufeinander zubalancieren, sicher zehn Meter über dem Boden.

»Wahnsinn«, sage ich.

»Aber rein theoretisch müsste es möglich sein«, sagt Ine.

Ich schaue nach oben. Von einem Baum zum anderen. Doch, vielleicht. Aber wir haben diese Idee wohl schon in der zweiten Klasse aufgegeben. Wir haben trotz allem seit damals so einiges über Balance gelernt. Deshalb liegt das Brett da, wo es immer gelegen hat, ungefähr einen Meter über dem Boden.

»Wir waren klein und dumm«, sage ich und stelle einen Fuß darauf.

Ines Augen blitzen auf. »Es gibt da jemanden, der ist noch immer klein«, sagt sie und kommt auf mich zu.

»Und es gibt da jemanden, der ist noch immer dumm«, sage ich grinsend, als wir uns in der Mitte treffen.

Solche Dinge können Ine und ich zueinander sagen. Das ist einfach nur witzig.

Jetzt steht sie genau vor mir, noch immer mit kleinen Ohren und einem ein bisschen schiefen Vorderzahn. Und plötzlich denke ich: Bin ich neuerdings kurzsichtig? Denn etwas ist an ihren Augen, das ich noch nie gesehen habe. Ich frage mich, ob sie vielleicht grüner geworden sein können, oder größer oder so was.

»Die müssen das Reagenzglas ja ganz schön geschüttelt haben, um so etwas Seltsames wie dich hinzukriegen«, necke ich sie.

Ine lacht. Ich spüre ihren Atem im Gesicht. »Drei Jahre lang sogar«, sagt sie. »Eigentlich könnte ich schon sechzehn sein.«

Plötzlich wird mein Bauch irgendwie weich. Ine, meine beste Freundin, könnte sechzehn sein. Sechzehn! Und dabei kenne ich sie schon seit dem Kindergarten. Dabei ist sie eigentlich zwölf Tage jünger als ich und feiert ihren Geburtstag am ersten Schultag nach den Ferien.

Ja, in ihren Augen ist tatsächlich etwas Neues. Sie sind einwandfrei grüner geworden. Und ihre Wimpern sind schwärzer als früher.

Oder liegt es nur daran, dass wir so dicht voreinanderstehen, dass unsere Nasen fast zusammenstoßen?

Ich senke den Blick. Meine Augen sind offenbar auch weich geworden. Und ganz bestimmt brauche ich eine Brille.

Ine springt vom Brett. »Du stinkst noch immer nach Knoblauch«, sagt sie.

»Jetzt begreife ich«, sage ich später, als ich mir meine Schultasche auflade. »Er hat zu gut gerochen.«

»Wer denn?«, fragt Ine.

»Mein Vater«, sage ich. »Deshalb wollte Ulla ihn bestimmt.«

Ine überlegt und nickt. »Ja«, sagt sie. »Leider war er wohl zu hygienisch.«

Typisch ich, so einen reinlichen Vater zu haben. Wenn er nur gestunken hätte, denke ich. Und am besten auch noch jeder Frau hinterherliefe!

Wir haben gerade wieder die asphaltierte Straße erreicht, als etwas Seltsames passiert. Und dieses Seltsame nähert sich unaufhaltsam. In einer Wolldecke. Während die Ohrringe rhythmisch klappern.

»Das ist sie«, flüstere ich Ine atemlos zu. »Runter!«

Wir lassen uns hinter einen großen Busch fallen.

Ja, sie ist es wirklich. Ulla Nilsen in Fahrt. Unterwegs zu etwas. Oder von etwas.

»Sie war vielleicht ... bei Papa«, flüstere ich entsetzt.

Und dann beschert mir dieser Gedanke langsam eine Gänsehaut. War Ulla hinter meinem Rücken bei Papa? Und was hat sie da gemacht?

»Du musst etwas unternehmen«, sagt Ine. »Sofort.«

Natürlich ist es Ine, die etwas unternimmt. Aber sie unternimmt es mit mir. Gibt mir einen richtig kräftigen und ziemlich schmerzhaften Tritt in den Hintern, und schon stolpere ich vor Ulla auf die Straße und murmele ein erschrockenes »Huch!«.

Ulla Nilsen zuckt fast einen Meter zurück.

»Ach, hallo, Anton«, sagt sie, als sie sich wieder gefasst hat.

Ich komme langsam auf die Beine und sage zweimal Hallo. Zuerst ist es in meinem Kopf vollkommen leer. Aber dann, ganz plötzlich, ist sie wieder da: meine überraschende Improvisationsfähigkeit. Wie vom Himmel geschickt oder wie man sagt.

»Hmmmm«, sage ich nun, als ob ich mir wirklich das Gehirn zermartern müsste. »Sie kommen mir wirklich irgendwie bekannt vor ...«

Ulla hebt eine Augenbraue. Zuerst sieht sie mich auf diese Weise an, dann Ine, die wie zufällig aus dem Busch hinter uns gekrochen kommt.

Es folgt noch eine sehr kurze Denkpause. Dann sage ich: »Ach, jetzt weiß ich es wieder, Sie sind doch eine von den Frauen, die in dieser Woche bei meinem Vater zu Besuch waren. Wie heißen Sie doch noch gleich?«

»Ulla«, sagt Ulla, und ihre Augenbraue hängt noch immer in der Luft. Sie mustert uns forschend.

»Ja, natürlich«, sage ich mit falschem Lachen. »Tut mir leid, aber bei den vielen Frauen kommt man leicht durcheinander.«

Ich lache noch ein bisschen. Und bin eigentlich zufrieden mit mir. Ine ist das aber offenbar nicht. Sie versetzt mir einen vorsichtigen Tritt gegen das Schienbein.

Ich sehe zu ihr hinüber und trete zurück. Denn ich kann mir ja nicht unbegrenzt was aus den Fingern saugen.

Nach den Tritten schweigen wir so ungefähr einen Monat lang, während Ulla Nilsen verwundert ihre Blicke zwischen uns hin- und herwandern lässt.

»Nein, jetzt müssen wir weiter«, sagt Ine endlich und sehr laut. »Wir müssen doch in die Apotheke und Medizin für deinen Vater besorgen.« Sie zieht mich mit sich, und dabei nickt sie Ulla vielsagend zu: »Er hat nämlich die Krätze.«

»Was ist die Krätze?«, frage ich wenig später.

»Weiß nicht so genau«, sagt Ine. »Aber es klingt eklig, findest du nicht?«

»Hm«, sage ich. »Ich wollte ihn eigentlich nicht ganz so eklig wirken lassen.«

»Aber es geht hier nicht um dich«, sagt Ine. »Und außerdem ist es zu seinem Besten.«

Eigentlich finde ich, dass es durchaus ein bisschen um mich geht. Aber getan ist getan. Ulla ist aus der Welt, und das ist das Wichtigste.

Mein Handy klingelt.

»Im *Dagbladet* gibt es das Sonntagskreuzworträtsel«, sagt Signe Salvesen. »Du kriegst zehn Kronen.«

Noch eine Frau. Aber von der werde ich wenigstens bezahlt.

Ine geht nach Hause, und ich kaufe für Signe Salvesen ein. Dass man so süchtig nach Kreuzworträtseln sein kann! Aber sie hat ja keinen Mann und keine Kinder, diese Signe, und nach irgendwas muss sie dann ja süchtig sein. Und Kreuzworträtsel sind nicht das Schlimmste.

Auf der Vorderseite der Zeitung, oben in der einen Ecke, lächelt mich eine dunkelhaarige Frau an. Mit weißen Zähnen und glänzenden Haaren. Sie ist sicher auch so eine, die Algen isst. Oder ganz viel Sellerie.

»Ich geb dir mein Wort«, sagt Signe, als ich ihr die Zeitung überreiche. »Mit so was geht es nur in die eine Richtung.« Sie winkt mich in ihre Diele und wühlt in ihrer Brieftasche nach einem Zehner. Signe Salvesen sagt viele seltsame Dinge.

»Womit denn?«

»Schönheit«, sagt Signe Salvesen und zeigt auf die Dunkelhaarige. »Damit geht es nur abwärts. Je älter man wird, desto hässlicher wird man. Das ist das Einzige hier auf dieser Welt, was sicher ist.«

Ich entdecke mich in Signe Salvesens Spiegel. »Aber das hässliche Entlein?«, frage ich und presse mir die Ohren an den Kopf. »Daraus ist doch ein schöner Schwan geworden.«

Signe Salvesen hat mir schon den Rücken zugekehrt und schlägt die Kreuzworträtselseite auf.

»Aus hässlichen Entlein werden hässliche Enten«, erklärt sie.

Auf dieser Welt ist wirklich nicht viel Ermutigung zu holen. »Aus hässlichen Entlein werden hässliche Enten«, seufze ich, als ich die Treppen hinunter ins Erdgeschoss gehe.

»Redest du mit mir?«

Ich fahre zusammen. Vor unserer Tür schaut die Elektrikerin mit neckendem Lächeln zu mir hoch. Ausgerechnet sie. Sie bindet sich einen Schnürsenkel und will gerade gehen.

»Nein, im Gegenteil«, sage ich. »Ich habe nur ... mit mir selbst geredet.«

»Über Enten?«

»Meine Nachbarin meint, dass aus hässlichen Entlein keine schönen Schwäne werden können«, erkläre ich. Es ist ein bisschen seltsam, so was einer Elektrikerin zu sagen.

»Hmmmm«, sagt die Elektrikerin und richtet sich auf. »Und du glaubst, dass es den schönen Schwänen im Leben am besten geht?«

Ich nicke und denke an Alphamännchen.

»Hässliche Enten können auch ganz schön viel Spaß haben«, sagt die Elektrikerin lächelnd und geht.

BLÖDER HUND

Zum Glück ist zu Hause in der Wohnung keine Spur vom Strickmonster zu sehen. Auf dem Wohnzimmertisch liegt das Knäckebrot von gestern und in der Küche steht Papa und räumt die Spülmaschine ein. Er hält einen Eierbecher mit der Aufschrift »Fröhliche Weihnachten« in der Hand.

Und noch eins steht fest: Wenn Ulla hier war und geklingelt hat, ehe Papa nach Hause gekommen ist, werde ich ihm nichts davon erzählen. Jetzt, wo sie aus der Welt ist und überhaupt.

»Hat Ine die Hauptsicherung rausgedreht? Kluges Mädchen.« Papa muss lächeln. Aber eigentlich glaube ich, dass ihm das ziemlich peinlich ist. Er hatte jetzt zweimal Besuch von dieser Elektrikerin. Beim ersten Mal, weil er vergessen hatte, die Stromrechnung zu bezahlen, und dann, weil die Hauptsicherung herausgedreht war. Ich hätte eigentlich heute Morgen daran denken müssen, sie wieder hineinzudrehen.

Dann seufzt er ein wenig und holt Atem. »Du, Anton«, sagt er. »Eigentlich finde ich Überraschungen nicht so toll.«

Nein, denke ich. Natürlich nicht. Früher oder später musste das ja kommen. Trotzdem wird mir irgendwie das Herz schwer.

Was ist dann mit meinem Projekt, der Sinnstifter zu werden? Wenn Papa keine Überraschungen mag?

»Also ... melde mich nie mehr zu einem Kurs an, sei so lieb.«

Dann nicht. Man kann ja auch mal Danke oder so was sagen. Für den guten Willen. Aber es ist vielleicht nicht so üblich, Danke zu sagen, wenn bei dem guten Willen nichts herausgekommen ist. Und jedenfalls sollte er nicht von lieb sein reden. Denn genau das wollte ich doch sein. Ohne Erfolg, ganz offenbar.

»Das war übrigens Ine«, sage ich. »Sie fand, du müsstest mal unter Leute kommen.«

Papa lächelt verlegen. »Das fand sie also«, sagt er.

»Das fand sie«, sage ich.

Aber was heißt schon lieb? Eigentlich bin ich vor allem wohl feige.

Papa seufzt noch einmal und spült einen schmutzigen Teller ab. »Also, die Dinge sind, wie sie sind«, sagt er. »Und damit muss man eben leben.«

Die Dinge sind, wie sie sind. Er meint mich, das ist mir schon klar. Denn alle seine Pläne wurden verändert, als ich gekommen bin. Eigentlich wollte er Astronom werden. Und jetzt verkauft er Klos.

»Also ... du willst gar nicht unter Leute kommen?«

Papa lächelt und fährt mir schnell durch die Haare. »Alte Hunde kann man nicht bellen lehren, weißt du?«

Also echt. Es hat ihn ja wohl niemand gebeten zu bellen. Ich will nur, dass Papa so ein Leben hat, von dem er träumt. So ein Leben, das er ohne mich gehabt hätte, ohne den Unfall. Aber das kriegt er doch nie, wenn er nicht unter Leute kommt.

In meinem Zimmer nehme ich mir wieder die Liste über das astronomische Gleichgewicht vor.

Und unter *erreicht* streiche ich *eine üppige Dame* durch.

Stattdessen schreibe ich *nada*. Das ist Spanisch und bedeutet »nichts«.

Danach schreibe ich: *Hässliches Entlein wird hässliche Ente, und alte Hunde werden niemals bellen. Die Erde steht schief, und der Mond dreht sich um sich selbst. Total nutzlos. Genau wie ich.*

Unterhosen waschen kann stehenbleiben. Obwohl es noch immer nichts mit dem Weltraum zu tun hat.

COUSINEN UND ALTES GUMMI

Der Ursprung des Wortes »Kondom« ist umstritten. Eine Möglichkeit ist der Bezug auf einen Dr. Condom, der im 16. Jahrhundert in England lebte.

Wir sitzen im Computerraum der Schule, und Lars hat Ole und mich auf »unverfängliche Websites über Verhütung«, wie er das nennt, aufmerksam gemacht. Und nun sind wir am Werk. Ole beschäftigt sich mit der Pille, ich mich mit Kondomen. Für unseren VORTRAG.

Na gut. Ein gewisser Dr. Condom. Man kann sicher froh sein, dass er nicht Albertsen hieß.

Ich lese weiter: *Die ersten bekannten Belege für Kondomverwendung sind dreitausend Jahre alt – und stammen aus Ägypten.*

Sieh an. Das rückt ja so manches in ein ganz neues Licht. Seit dreitausend Jahren versuchen die Leute schon, keine Kinder zu kriegen. Was für ein Aufwand. Ich weiß ja nicht, wie zuverlässig diese dreitausend Jahre alten Kondome waren, aber eins ist mir jetzt immerhin klar: Anton Albertsen ist nicht der einzige Unfall der Geschichte.

Nur selten arbeitet die Klasse so konzentriert wie jetzt. Ich schaue mich um. Naima und Vilde kleben geradezu an einer

Website über Verliebtheit, während sich Kevin und Sindre einen Rechner weiter ganz dem Testosteron widmen. Und Lars geht von Tisch zu Tisch und beantwortet alle Fragen ganz besonders natürlich.

»Ich bin jetzt fertig mit der Pille«, sagt Ole laut. »Soll ich mit der Temperaturmethode weitermachen?«

Ine wendet sich kurz von der Hypophyse ab und grinst mich an. Ich hoffe wirklich, dass Ole am Ende nicht so versessen auf Verhütung sein wird wie auf Pilze. Auch wenn das irgendwie schon eine Abwechslung wäre.

»Sehr gut, Ole«, sagt Lars und kommt jetzt zu uns. »Und, Jungs, es wäre nett, wenn ihr euren Vortrag ein bisschen aufpeppen könntet.«

Aufpeppen? Wie meint er das? Als Jenny und Sara einen Vortrag über Wasserkraft gehalten haben, haben sie das total echt vorgeführt. Das kommt hier ja wohl nicht in Frage.

»Ich meine ja nur ein paar Plakate oder so was«, sagt Lars lächelnd. »Und außerdem habe ich einige Kondome mitgebracht, die ihr vorführen könnt.«

Ich werde so blass, dass Lars es sieht. »Ich kann das auch machen«, sagt er beruhigend.

»Dieser ganze Männer- und Frauenkram macht mich noch verrückt«, seufzt Ine in der Pause und knabbert an einem Stück Kohlrübe, das ihre Mutter ihr mitgegeben hat.

»Die Fortpflanzung?«, frage ich.

»Die ganze Kiste«, antwortet Ine. »Nie hat man Ruhe.«

Dabei war bei Ine doch alles total geplant. Es wäre eher verständlich, wenn ich zu diesem Thema ein gespanntes Verhältnis hätte. Aber sie sieht aus, als ob sie es ernst gemeint hat.

Ine holt Atem. »Ich habe eine Cousine.«

»Eine Cousine?«

»Eine Cousine, und die hat Eltern …« Ine verstummt.

Cousinen haben eigentlich immer Eltern. Falls sie nicht im Waisenhaus wohnen oder so. Also warte ich darauf, wie es weitergeht, ich warte ziemlich lange.

Am Ende sagt Ine: »Und sie weiß nicht, wie sie ihre Eltern dazu bringen soll, sich besser zu vertragen.«

Ich sehe sie an. »Eltern? Damit kennst du dich doch besser aus als ich. Ich hab ja nur meinen Vater.«

»Aber trotzdem«, seufzt Ine. »Man kann Eltern ja nicht gerade dazu zwingen, gern zusammen zu sein.«

»Nein«, sage ich.

»Oder sich sechsmal am Tag zu umarmen«, sagt Ine.

Ich überlege. »Vielleicht könnten sie sich ein gemeinsames Hobby suchen?«

Ine sieht mich an. »Also, wenn du jetzt Strickkurs sagst, dann schlag ich dir den Schädel ein.«

Ich lächele und schüttele den Kopf. »Viele Paare spielen zusammen Golf, habe ich gehört.«

»Mama hasst Golf«, sagt Ine und schnaubt. Und schnell fügt sie hinzu: »Und die Mutter meiner Cousine hat große Ähnlichkeit mit meiner Mutter, musst du wissen.« Sie räuspert sich ein bisschen.

»Hmmmm«, sage ich. »Hat deine Cousine es schon mal mit Rosenblättern in der Badewanne versucht? Das hab ich mal im Fernsehen gesehen. Das ist offenbar total romantisch.«

»Nein«, sagt Ine. Sie überlegt. »Aber ich schlag ihr das mal vor.«

Hilfe. Ich frage mich, ob ich hier gerade zur Frau werde. Rosenblätter in der Badewanne, Duftkerzen und Frauenzeitschriften. Bald denke ich wie eine echte Frau. Was auch immer das sein mag.

HISTORISCHE AUGENBLICKE

Jeden Frühling macht Oles Familie einen Tagesausflug. Und jedes Jahr machen Ine und ich mit. In dem Jahr, in dem ich Windpocken hatte, haben sie den Ausflug sogar aufgeschoben, bis ich wieder gesund war.

Und in diesem Frühling gibt es also für alle eine Angelrute. Eine nagelneue.

In Oles Auto ist die Stimmung immer gut. Und man darf auf der Rückbank Rosinenbrötchen essen. Deshalb nennt Ine diese Touren »historische Augenblicke«. Ihre Mutter kann nämlich Krümel nicht leiden.

Ich dagegen liebe Krümel und Autoausflüge. Und im Moment lasse ich die Landschaft draußen vorübersausen, sehe mir die Autos und Felder und Birken an, und auch ein bisschen Ines Haare, die im Wind vom offenen Fenster flattern. Es ist ein schöner Tag, sogar für einen Unfall wie mich.

Ine stupst mich an. »Oxytocin«, sagt sie.

Ich blicke sie fragend an.

»Da. Auf dem Vordersitz.« Sie nickt zu Oles Eltern hinüber. Die sich gerade gegenseitig anlächeln und dann laut auflachen.

Ja, ich weiß schon, was Ine meint. Ich bin zwar nicht sicher, wie sinnvoll es ist, mit nur einer Hand am Lenkrad zu fahren, aber es ist doch schön, dass man selbst beim Autofahren Händchen halten kann.

Ine nickt nachdenklich. »Und ich werde zählen, wie oft sie sich umarmen«, flüstert sie.

»Warum?«, frage ich.

»Recherchen«, antwortet Ine. »Und daran solltest du auch denken.«

»Schon wieder?« Ich seufze.

Ine schaut mich verständnislos an. »Wir müssen doch eine Neue finden«, sagt sie, als rede sie über eine Hose oder eine Angel oder irgendetwas anderes, das vielleicht kaputtgegangen ist. Als ob man einfach in den Laden gehen und für seinen Vater eine Frau kaufen könnte.

Schön wär's.

»Wer zuerst im Wasser ist!«, ruft Oles Vater, kaum haben wir angehalten. Aber es ist eigentlich überhaupt kein Wettrennen. Alle wissen, dass Ine gewinnt. Sie springt vom Steg, gleich ins Tiefe, mit dem Kopf voran. Während Oles Vater und ich solche sind, die alles schrittweise tun müssen, vom kleinen Zeh bis zu den Schultern. So ist es jedes Jahr. Ine hat schon blaue Lippen, als ich endlich ins tiefe Wasser komme.

»Gar nicht schlecht, Anton«, sagt Oles Vater lächelnd. »Nur den Kopf noch ein bisschen weiter unter Wasser, und dann ...« Ich reibe mir das Wasser aus den Augen und lasse mir von Oles Vater zeigen, wie ich es machen soll. Ich versuche zu kraulen. Jedes Jahr. Ein bisschen, weil es toll ist, das zu können, und ein bisschen, weil Oles Vater so gern Unterricht gibt. Ole badet nämlich nicht so gern.

Es dauert gar nicht lange, da habe auch ich ziemlich blaue Lippen und wir gehen an Land. Ole und seine Mutter haben die Angeln schon fertig gemacht, mit Ködern und allem. Und danach angeln wir, bis es dunkel wird. Werfen die Angel aus und kurbeln sie zurück und hören die Vögel zwitschern und den Wind in den Bäumen. Und Ole bekommt zwei Barsche und Ine und ich je einen.

Ich glaube, ich könnte mein ganzes Leben lang angeln.

Und noch etwas, was ich wirklich toll finde, ist Lagerfeuermachen. Ich wünschte, Papa könnte das lernen. Denn Papas Feuer erlöschen immer, sowie die Zeitungen verbrannt sind. Und es gibt einfach Grenzen dafür, wie viele Zeitungen man mit auf einen Ausflug schleppen kann.

Aber Oles Vater ist so ein Vater, der das Feuer ewig brennen lassen kann. Er schneidet Späne zurecht und legt die Holzscheite in perfektem Winkel zueinander, und danach starren wir in die Flammen und warten lange auf die optimale Grilltemperatur. Es ist fast so, als wenn unsere Augen am Feuer festkleben.

»Erzähl von meiner Geburt«, sagt Ole. Das ist bei ihm schon so Tradition. Deshalb sieht Oles Mutter Ine und mich fast entschuldigend an, bevor sie dann ein weiteres Mal erzählt, wie sie darauf gewartet und gewartet haben, eine Familie zu werden. Vierzehn Tage über den Stichtag hinaus. Und wie Oles Vater am Ende mit Frau und Koffer vor dem Krankenhaus vorfuhr und sich weigerte, zu gehen, ehe das Kind geboren wäre.

»Und dann bin ich gekommen«, sagt Ole.

»Dann bist du gekommen«, sagt seine Mutter lächelnd.

»Und dann brauchtet ihr nichts mehr in diesem Leben«, sagt Ole zufrieden.

Auch Ole war geplant. Zweifellos. In so einem Haus gibt es keine Gummiunfälle.

Danach stecken wir Würstchen auf Spieße, die Ole geschnitzt hat, während Oles Mutter die Fische reinigt und ausnimmt.

Und dann grillen wir Würstchen und Fische, ein bisschen zu lange. Aber das macht nichts.

Oles Vater verzehrt den durchgebratenen Barsch. »Voller Andacht«, wie er sagt. Wir anderen verzehren ihn mit Ketchup. Und knusprig gebratenen Zwiebeln.

Ich lächele. Ich finde es einfach wunderbar, so zu sitzen und vorne warm und hinten kalt zu sein, an einem Feuer, das knistert, und bei Würstchen, die bald ein bisschen zu schwarz sein werden. Also bin ich wohl eigentlich ein Freiluftmensch. Im tiefsten Herzen.

Das ist sicher auch Oles Mutter, aber sie möchte dabei lieber viele Schichten warme Kleidung tragen. Und deshalb sieht sie Ine und mich besorgt an. Wir haben noch immer nasse Haare, und Ine schlingt die Arme um die Knie, um sich warm zu halten.

»Ich will hier keine kranken Kinder.« Oles Mutter gibt uns eine Decke. »Die müsst ihr teilen.«

Eine Fleecedecke mit Herzchen. Ine und ich müssen dichter zusammenrücken, um sie um die Schultern zu legen. Und selbst dann ist die Decke nicht lang genug. Aber sie wärmt ein bisschen.

Ine stochert mit einem Stöckchen im Feuer herum.

»Du«, sagt sie leise, »hast du schon mal ans Heiraten gedacht?«

»Ans Heiraten?«, frage ich noch leiser.

»Ich meine, wenn du groß bist.«

Ich suche mir einen Stock, damit ich auch stochern kann. »Weiß nicht, ob ich das werde«, antworte ich.

»Was denn?«, fragt Ine.

»Groß«, sage ich.

Ine lacht. »Wirst du schon«, sagt sie.

Dann sitzen wir lange so da und schauen ins Feuer, während Ines Arm ganz dicht an meinem ist, vom Ellbogen hoch zur Schulter. Und ich denke darüber nach, dass das hier genauso gut ist wie angeln. Und dass das sicher nur der Schein der Flammen ist, der Ines Augen so glitzern lässt.

Auf der Decke neben uns küssen sich Oles Eltern ausgiebig.

Vor unseren Augen.

»Ich hab mir eins überlegt«, sagt Oles Vater auf der Rückfahrt. »Was sagt ihr zu einem Klassenfest?«

Und dann erzählt er, dass sie ein Fest bei Ole zu Hause planen. Für die ganze Klasse, mit Tanzen und allem.

»Cool«, sagt Ine.

»Cool«, sage auch ich. Und meine damit alles, außer das Tanzen. Aber das denke ich nur ganz insgeheim.

Klassenfest. So sind Oles Eltern eben. Sie finden es einfach toll, ihr Haus zu füllen. Sicher steht ihr Fenster deshalb immer offen, wenn sie backen.

»Cool«, sagt Ole endlich.

Wenn ich mir das richtig überlege, dann weiß ich überhaupt nicht, ob Ine gern tanzt.

ETWAS GANZ ANDERES

»Zwölfmal«, sagt Ine. Wir haben Oles Familie zum Dank für den Ausflug zugewinkt, und nun gehen wir mit unseren Taschen voll nasser Badesachen nach Hause.

»Zwölfmal was?«, frage ich.

»Umarmungen«, sagt Ine. »So gehört sich das für Eltern.«

Ich nicke. Sie hat wohl Recht.

»Und drei Küsse«, sagt Ine jetzt. »Mindestens.«

Ich begreife, dass es sie irgendwie inspiriert hat, Oles Eltern zu beobachten. Denn Ine muss ja ihrer Cousine helfen.

Dann sieht sie mich an. »Und du – bist du auf irgendeine Idee gekommen?«

Mir ist klar, dass ich die Wahrheit sagen muss. Dass Papa keine weiteren Überraschungen mehr will. Denn so ist es: Das Projekt »Papa gerade rücken« ist zu Ende. Zusammen mit allen anderen Vorstellungen von astronomischem Gleichgewicht.

Plötzlich bin ich fast ein wenig wütend auf Oles Eltern, die die ganze Zeit auf einer Decke sitzen und glücklich sein können. Alle können das nicht so machen. Oder wollen es nicht.

Und nicht alle können sinnstiftend sein.

»Ich habe aufgegeben«, sage ich.

Wir schweigen eine Weile.

»Was?«, fragt Ine.

»Das mit der Frau«, sage ich ziemlich lässig und versetze einem Stein, der eigentlich gar nicht da ist, einen Tritt.

Ine schweigt.

»Jetzt hab ich es doch probiert«, sage ich. »Und es hat nicht geklappt.«

»Nicht geklappt?«, fragt Ine. »Es gibt doch noch mehr Frauen auf der Welt.«

»Sicher«, sage ich. »Aber ich glaube nicht mehr an die Liebe. Die ist für Leute, die auf Decken sitzen. Solche wie Oles Eltern. Die sind irgendwie dazu geboren.«

Ich schweige ein bisschen und denke dabei an große Ohren und hässliche Enten, an verwelkte Pferdeschwänze und Pizzakartons unter der Anrichte. »Und wenn man nicht dazu geboren ist, dann hat es auch keinen Sinn, das zu probieren«, sage ich und lache kurz auf.

»Idiot«, sagt Ine. Ziemlich leise.

Ich sehe sie an und warte auf das Lächeln, das immer kommt, wenn sie »Idiot« sagt. Aber es kommt nicht. Ine starrt den Boden an und geht schneller.

»Wie meinst du das?«, frage ich.

»Ich meine, dass du ein Idiot bist«, sagt Ine.

»Wieso denn?« Ich versuche, ihren Blick einzufangen.

»Weil es einfach nur total feige ist, aufzugeben.«

»Feige?« Ich überlege kurz, aber das ist nicht so leicht, wenn ich fast rennen muss, um mit Ine Schritt zu halten. »Na gut. Aber, na und?«

»Feige«, sagt Ine. »Man kann doch nicht einfach ...« Sie unterbricht sich und versetzt einem Stein, der sogar vorhanden ist, einen Tritt.

»Wieso denn? Das ist *mein* Vater«, sage ich. »Und da kann ich mit ihm machen, was ich will, ohne dass du gleich sauer werden musst.«

»Nein«, sagt Ine. »Denn man kann nicht einfach ...«

»Einfach was?«, frage ich.

Plötzlich bleibt Ine stehen und schaut mir in die Augen. Und ihre Augen sind dunkel und wütend und noch etwas, das ich nicht ganz verstehe.

»... die Liebe aufgeben«, sagt sie und ihre Stimme bricht fast, »das kann man einfach nicht.«

»Kann man doch«, sage ich und bin auch ganz schön dunkel und wütend. »Und das geht dich außerdem gar nichts an! Du hast doch deine Eltern und überhaupt.«

Ine starrt mich noch immer an, und wenn ich sie nicht so gut gekannt hätte, hätte ich gedacht, dass sie gleich losweinen würde. Lange steht sie da und atmet und scheint sozusagen für irgendetwas aufzuladen, aber am Ende sagt sie nur ziemlich hart und mit zusammengebissenen Zähnen: »Denkst du nie an jemand anderes als an dich selbst?«, dann macht sie auf dem Absatz kehrt und rennt davon.

Und ich bleibe ziemlich lange stehen und schaue hinter ihr her. Und schlucke. Ganz oft.

Was war das denn? Warum hat sie das gemacht?

Ich habe doch nichts Falsches über Ine gesagt? Nein. Ich habe nur gesagt, dass sie zwei Eltern hat, und das ist ja nicht gerade etwas Neues. Und dass ich die Liebe aufgegeben habe. Aber das geht sie ja wohl nichts an.

Dennoch habe ich irgendwie das Gefühl, etwas falsch gemacht zu haben. Denn das, was eben passiert ist, war total ungewöhnlich.

Also, wir haben uns auch früher schon gestritten, das ist es nicht. Einmal in der ersten Klasse hat Ine mich mit einem Tannenzapfen beworfen, als ich ihr Schlamm auf die Hose gespritzt hatte. Und in der dritten habe ich ihr Nüsse in die Schuhe gelegt, vor allem aus Jux.

Aber ansonsten waren wir immer Freunde. Haben miteinander Quatsch gemacht und gelacht. Und Ine hat mich sicher hundertmal »Idiot« genannt. Auf ihre witzige Weise.

Aber sie hat mich noch nie mit solchen dunklen und wütenden Augen angesehen. Und nie, nie hat sie hart und mit zusammengebissenen Zähnen etwas zu mir gesagt.

Wieder schlucke ich. Das hier ist anders, denke ich. Das ist etwas ganz anderes.

EIN PAAR DAMENSCHUHE

Langsam gehe ich nach Hause. Und ich finde viele Steine, denen ich einen Tritt versetzen kann.

Denn plötzlich hat sich der ganze Tag verändert. Alles ist irgendwie verkehrt. Es macht keinen Spaß mehr, einen Barsch an der Angel gehabt und fast Kraulen gelernt zu haben. Es kommt mir so vor, als sei der ganze Tag zu einem blöden, blöden Streit geworden. Von dem ich nur noch Bahnhof verstehe. Außerdem stimmt es gar nicht, dass ich nur an mich denke. Ich denke auch an Papa. Vor allem an Papa.

Und egal wie, ich finde es nicht sonderlich egoistisch, Sinnstifter sein zu wollen. Aber ich kann ja nicht erwarten, dass Ine das begreift. Sie ist doch dermaßen sinnstiftend, dass sie eigentlich sechzehn sein könnte.

Ich seufze. Nein, im Moment gibt es in meinem Leben eigentlich nur ein Gutes: Ich bin Ulla los. Das ist doch etwas. Und ich werde keinen Finger mehr rühren, um Papa eine neue Frau zu besorgen. Also kann jetzt der Alltag wieder losgehen. Mit stinkenden Socken und angebrannter Pizza.

Ich wische mir auf der Türmatte die Schuhe ab, öffne die Tür und werfe meine Badesachen fast bis ins Badezimmer. Hier zu

Hause ist alles wie immer. Mit einer Ausnahme: Da steht ein Paar Damenschuhe im Gang.

Mein Unterbewusstsein hat diese Schuhe offenbar sofort erkannt, denn mein erster Impuls ist zu fliehen. Und das hätte ich auch tun sollen. Denn im Wohnzimmer, mitten auf meinem und Papas Sofa, sitzt keine neue und sympathische Frau ohne Schuhe. Nein, da sitzt ein altes, scheußliches Strickmonster – bereit zum Angriff. Es ist die üppige Ulla. Und sie lächelt.

Ich bleibe wie gelähmt in der Türöffnung stehen. Ulla! Die habe ich doch verscheucht! Kapiert sie nicht, dass Papa ein unhygienischer Kerl ist, der allen Frauen hinterherläuft und vor dem sie ganz schnell die Flucht ergreifen müsste? Und dass sein Sohn in den Flegeljahren Müßiggang treibt, mit langen Nägeln an den großen Zehen?

»Du, Anton«, sagt Papa endlich. »Wir würden gern mal kurz mit dir reden.«

Kurz mit mir reden. Und er hat »wir« gesagt. Das klingt ja nun wirklich nicht natürlich.

»Na gut«, sage ich mit Kaninchenstimme. Ich bleibe stehen. Die Türöffnung kommt mir gerade wie ein strategisch günstiger Ort vor.

»Du bist offenbar gestern Ulla begegnet?«, fragt Papa.

»Äh, ja«, sagt das Kaninchen.

»Und?«, fragt Papa.

»Ich hab sie offenbar nicht sofort erkannt«, piepse ich.

Papa sieht erleichtert aus. »Ach so«, sagt er und lächelt. »Ja, das kann passieren.«

Aber Ulla räuspert sich.

Papa sieht sie an. Und dann mich. »Na ja ... also ... Ulla hat das so verstanden, als ob du … also, als ob du den Eindruck vermitteln wolltest, dass ich … äh, dass ich viele Freundinnen habe.«

»Hast du doch«, sage ich.

»Aber Anton«, seufzt Papa. »Wen denn wohl?«

»Oma«, sage ich. »Und Tante Gry.«

Papa scheint gleich losprusten zu wollen. Ulla lächelt noch immer. Aber nicht auf eine belustigte Weise.

»Und dann hat Ine gesagt, ich hätte … die Krätze?«

Ich grinse. »Du kennst doch Ine«, sage ich. Denn im Moment soll Ine selbst sehen, wie sie fertigwird.

Ulla räuspert sich wieder. Und dann lächelt sie noch schrecklicher als zuvor. »Anton, du Süßer«, sagt sie. »Komm und setz dich zu uns.« Und dann klopft sie neben sich auf das Sofa.

Uns? Seit wann sind Ulla und Papa »uns«? Mir wird kalt bis in die Zehen. Außerdem bin ich absolut nicht süß. Ich bin eine kleine hässliche Ente, die Ulla gern ins Bein beißen würde. Falls Enten beißen können, meine ich.

Ich setze mich. Neben Papa.

»Du brauchst nicht um Entschuldigung zu bitten«, sagt Ulla mit diesem Lächeln. Und jetzt erst begreife ich, was dieses Lächeln mir zeigen soll: Ulla ist verständnisvoll. Wahnsinnig verständnisvoll. Fast, als ob sie versucht, damit eine Art Wettbewerb zu gewinnen. Sie beugt sich vor und streichelt mein Knie. »Ich kann ja verstehen, dass es manchmal nicht ganz leicht ist, wenn eine neue Frau in die Familie kommt.«

Es wird sehr still. Papa rutscht ein bisschen zwischen den Sofakissen hin und her. Und versucht es mit einem kleinen ängstlichen Lachen. »Was heißt schon Familie«, würgt er hervor. »Wir sind doch nicht …«

»Noch nicht, nein«, verkündet Ulla energisch.

Und jetzt begreife ich, was Ulla wirklich ist. Kein Monster und keine Gottesanbeterin. Sondern ein Klebegeist. Einer, der sich an Papa und mir festklammert und nie mehr verschwinden wird.

Ich habe das Gefühl, dass es auch Papa bis in die Zehen hinein kalt wird.

EIN TRITT IN DEN HINTERN

Es ist Montag, und ich fahre allein mit dem Rad in die Schule. Oder eigentlich schiebe ich es, ziemlich langsam. Denn ich kann Ine nirgendwo sehen. Und ich habe Angst, sie ist den kürzeren Weg zur Schule gegangen. Der nicht an unseren Bäumen vorbeiführt.

Und ich weiß ja auch gar nicht, was ich zu ihr sagen soll. Entschuldigung? Aber wofür denn?

Also hoffe ich eigentlich, dass Ine als Erste etwas sagen wird. Aber am liebsten sehr bald, denn ich habe ihr viel zu erzählen. Und sie muss mir bei vielem helfen. Die Dinge entwickeln sich gar nicht nach Plan.

Früher hat es offenbar Männer gegeben, die einen Harem hatten. Ein ganzes Haus voller Frauen, mit denen sie verheiratet waren. Ich werde das nie begreifen.

Denn mir reichen die wenigen Frauen in meinem Leben wirklich! Ine, die sauer ist, ohne dass ich wüsste, warum, und der Klebegeist Ulla, der viel zu munter ist. Oma und Tante Gry wohnen zum Glück in Troms, sonst wären sie sicher auch hier und total unberechenbar.

Ines Rad steht schon im Ständer vor der Schule. Ich stelle meins daneben.

Wir haben in der ersten Stunde Sport. Polonaise-Sport. Und das ist vielleicht gar nicht so blöd. Dann wird Ine sicher mit mir reden. Denn man kann doch nicht zerstritten sein, wenn man Hand in Hand geht?

Anne steht schon mit dem CD-Gerät in der Ecke der Turnhalle bereit. »Stellt euch in Paaren auf«, ruft sie, als die Musik einsetzt, »und folgt uns.« Sie zieht einen überraschten Simon zu sich heran und geht Hand in Hand mit ihm vor der Herde her. So schnell geht das mit dem *uns*. Damit kenne ich mich jetzt aus.

Ich halte Ausschau nach Ine. Da vorn steht Ole schon mit Sara, und die ersten Paare marschieren bereits los. Oder latschen. Je nachdem. Ich recke den Hals.

Und verspüre plötzlich einen seltsamen Stich im Bauch, einen, der sich sehr bald wie eine widerliche Welle durch meinen Körper und bis hinunter in die Zehen verbreitet. Denn das ist doch Ine, ein kleines Stück vor mir. Mit Pferdeschwanz und einem roten Pullover. Meine beste Freundin, mit der ich jeden Tag über ein Brett balanciere. Und neben der ich gerade erst ganz eng zusammen vor einem Feuer gesessen habe.

Ich schlucke. Meine beste Freundin Ine, Hand in Hand mit einem anderen. Einem mit cooler Frisur und braunen Augen, der aussieht wie ein Filmstar.

Dem Alphamännchen Kevin.

In unserer Klasse waren immer etwas mehr Jungen als Mädchen. Deshalb bleiben immer ein paar Jungen übrig, wenn wir Paare bilden sollen – sogar jetzt, wo Anne die Polonaise anführt, Hand in Hand mit einem verlegen dreinschauenden Simon.

Ich bin ein Junge. Und übrig. Und zuerst stehe ich ganz still da und denke wie ein Dreijähriger im Kindergarten: Wer soll mich denn jetzt an die Hand nehmen?

Dann entscheide ich mich für die Strategie, die mir am meisten liegt. Ganz still und unbemerkbar versuche ich mich in die kleine Ecke der Turnhalle zu schleichen, in der Bälle und Reifen und Matten liegen. Denn hier steht die dicke Sprungmatte. Die lehnt an der Wand und kann für einen wie mich ein feines Versteck sein.

»Anton?« Plötzlich höre ich Annes Stimme.

Ich drehe mich langsam um. Anne sieht mich fragend an.

Also schlurfe ich zurück und nehme Oscars Hand. Er ist fast einen Meter größer als ich und hat einen Schnurrbart.

Die Frauen haben mich mal wieder fertiggemacht.

»Napoleon und sein Heer zogen durch die Alpen dahin.« So heißt das Lied, nach dem wir marschieren. Und die Melodie ist viel zu munter, um von Soldaten zu handeln. Sie ist eigentlich in jeder Hinsicht zu munter.

Aber ich stolpere trotzdem vorwärts, Hand in Hand mit Oscar und meilenweit von den Alpen entfernt, und kann meine Blicke nicht von Ine losreißen. Denn plötzlich ist sie ganz anders als die Ine, die ich kenne. Plötzlich hält sie den Takt und sieht eigentlich genauso toll aus wie Kevin. Als ob sie beim König zu Besuch wäre oder so was.

Ich wette, dass Signe Salvesens Zeitschriften die beiden als »schönes Paar« bezeichnen würden. Und ich würde zustimmen. Ine, mit den kleinen Ohren und den dunklen Wimpern und den irgendwie leuchtenden Haaren. Und Kevin, der Filmstar. Der Ine irgendetwas zuflüstert. Worüber sie lacht, lange.

Ich gehe mit Ole nach Hause. Aber zuerst habe ich ganz schön lange bei den Fahrradständern gewartet, um Ine irgendwie total zufällig zu begegnen. Und Ine hat total zufällig sehr lange auf dem Schulhof gestanden und mit einem Alphamännchen geredet. Obwohl es regnet. Also weiß ich ja, welchen Weg nach Hause sie nehmen wird. Und gerade das passt mir gerade überhaupt nicht: Kevin ist ihr Nachbar. »Willst du nicht über das Brett gehen?«, fragt Ole unterwegs.

Das Brett ohne Ine. Das habe ich noch nie gemacht. »Nein«, sage ich.

Aber nachdem wir uns getrennt haben, tue ich es doch. Klettere hoch und laufe von einem Baum zum anderen, über das ganze Brett, ohne in der Mitte anzuhalten, wie Ine und ich das machen. Und dann gehe ich wieder zurück. Mit dem ganzen Brett für mich und Regen im Gesicht. Ich gehe viele Male hin und her. Und es fühlt sich richtig gut an.

Plötzlich komme ich mir vor wie eine Art Polarfahrer oder so, Anton Albertsen, stark und allein. Einer, der immer das Gleichgewicht hält, ohne Hilfe. Und in diesem Moment denke ich: Wer hat gesagt, dass man die Arme zur Seite strecken muss, um zu balancieren?

Sicher Ine. Soll sie doch selbst sehen, wie sie fertigwird.

Denn ich wette, dass ich auch mit den Händen in den Taschen balancieren kann.

Ich habe doch große Ohren. Zu irgendwas müssen die schließlich gut sein.

Nur, damit das mal gesagt ist: Es ist ziemlich klar, dass Ohren und Arme getrennte Funktionen haben. Ohren helfen nicht beim Balancieren. Und die Hände stecken viel zu gut in der Tasche fest.

Ich knalle mit der Nase aufs Brett, ehe ich eine Bruchlandung im Matsch hinlege, auf einem Knie und einem Ellbogen.

Dass Papa mir die Nase mit einem Wattebausch und Jod säubern will, muss ich nun wirklich nicht haben. Ich schleiche mich an unserer Tür vorbei und nach oben zu Signe Salvesen. Denn ich glaube, sie war früher mal Krankenschwester.

»Ach«, sagt Signe, als sie meine zerschrammte Nase sieht. »Bist du jetzt verliebt?«

»Verliebt?«, frage ich.

Signe nickt. Sie holt Watteröllchen, die sicher aus dem Zweiten Weltkrieg stammen, und tunkt sie in den Inhalt einer großen braunen Flasche. Es brennt wie die Hölle.

»Aber ich finde ja eigentlich, dass Ine es verdient hat, dass man um sie kämpft«, sagt sie dann.

»Ine?«, frage ich. »Nein, da haben Sie sich geirrt. Und ich habe nicht gekämpft. Ich bin von einem Baum gefallen.«

»Ah ja«, sagt Signe und dreht den Verschluss auf die Flasche. »So was macht man auch, wenn man verliebt ist.«

Es hat keinen Sinn, mit Signe Salvesen zu diskutieren. Sie klebt mir ein Pflaster auf die Nase und schenkt mir ein Glas Saft ein.

»Balancieren ist schwer«, sage ich. Und merke, dass alles wehtut, mein Ellbogen, mein Knie und meine bepflasterte Nase.

»Tja«, sagt Signe Salvesen. »Alles ist eine Frage der Balance.«

Ist es nicht, denke ich. Und in diesem Moment fällt mein Blick auf Signe Salvesens Globus. Der steht auf der Fensterbank, der ganze amerikanische Kontinent ist verblichen. Und er steht schräg, wie alle Globen. Wie der Erdball. Und wie Papa. Ich seufze. »Was glauben Sie, wie man den Erdball gerade rücken kann?«, frage ich.

Es ist sicher eine seltsame Frage für eine alte Dame.

»Alles, was gerade gerückt werden soll, braucht einen Tritt in den Hintern«, sagt Signe. »Na, möchtest du einen Keks?«

»Vom Rad gefallen?«, fragt Papa, als er mich sieht.

»Jepp«, sage ich. Ich werfe meine verschlammten Klamotten in den Korb für schmutzige Wäsche und ziehe mir gleich den Schlafanzug an. Eigentlich wäre ich auch ganz gern krank. Aber das wäre wohl zu viel verlangt.

Ich lasse mich aufs Sofa fallen und habe mir schon einen ziemlich guten Überblick über die Fernsehsender verschafft, ehe ich es plötzlich sehe:

Papa strickt.

Ich glotze ihn so unverhohlen an, dass er fast lachen muss.

»Nur ein bisschen trainieren«, sagt er lächelnd.

Nur ein bisschen trainieren? Was soll das denn bedeuten? Wofür denn trainieren?

»Schal?«, frage ich.

»Vielleicht«, sagt Papa.

Ich merke, dass meine Zehen kalt werden. Schon wieder.

FRIEDENSABKOMMEN

»Ich habe mir die Sache anders überlegt. Ich glaube doch an die Liebe.«

Es ist sieben Uhr morgens, und ich drücke auf »Senden«. Kann sein, dass ich lüge, aber es wäre für eine gute Sache.

Ich kann frühstücken und kurz duschen, ehe Ine antwortet. »Ok«, schreibt sie. Ine redet nicht gerade um den heißen Brei herum.

»Willst du mir noch immer helfen?«, schreibe ich per SMS, als ich schon aus der Tür gehe. Es kommt keine Antwort. Aber oben am Hang steht Ine mit dem Rad und wartet.

»Unter einer Bedingung«, sagt sie als Erstes, während sie sich an ihrer Fahrradlampe zu schaffen macht und zu Boden sieht.

»Was denn?«, frage ich.

»Dass du auch hilfst ... meiner Cousine.«

Ine ist wirklich lieb zu ihrer Verwandtschaft. Aber egal. Ich brauche wirklich alle Hilfe, die ich kriegen kann.

»Okay«, sage ich und versuche ein Lächeln.

Ine holt Atem, wie um etwas zu sagen. Aber stattdessen sieht sie mich nur ein bisschen lange an, ehe sie wieder ausatmet. Ohne zu lächeln.

Dennoch erzähle ich von Ulla, die zurückgekommen und verständnisvoll geworden ist. Und von Papa, der neuerdings strickt und einen Tritt in den Hintern braucht. »Was meinst du?«, frage ich am Ende.

»Ich glaube, wir müssen sie ausstechen«, sagt Ine nach langem Überlegen.

»Ausstechen?«, frage ich.

»Ja«, sagt Ine. »Mit einer anderen Frau.«

Mit einer anderen Frau. Ich seufze heimlich. Aber ich bin ja jetzt so einer, der an die Liebe glaubt. Das kann man nicht zurücknehmen.

»Okay«, sage ich. »Irgendein Vorschlag?«

»Halt, halt«, sagt Ine. »Jetzt bin ich an der Reihe.«

Und dann erzählt sie. Über die Eltern der Cousine, die sich eigentlich immer streiten, wenn sie miteinander reden, und die ansonsten sehr betont schweigen. Es hört sich so an, als wäre Ines Cousine echt arm dran.

»Gibt es nicht so etwas wie Eheberatung?«, frage ich.

»Das haben sie schon versucht«, sagt Ine.

»Und die Rosenblätter?«

»Tja«, sagt Ine.

Ich versuche, mich an Signe Salvesens Zeitschriften zu erinnern. Dort stand etwas über Oxytocin und sechs Umarmungen pro Tag. Und wenn ich richtig scharf nachdenke, meine ich mich zu erinnern, dass »gemeinsame Interessen« auch nicht so schlecht sind.

»Was mag ihr Vater denn?«, frage ich.

»Autos«, sagt Ine.

»Autos«, wiederhole ich. »Sonst nichts?«

»Möglicherweise Rasenmäher«, sagt Ine.

Autos und Rasenmäher. Das ist keine besonders gute Grundlage. Sogar Papa hat mehr Interessen. Ich bin wirklich froh, dass ich kein Eheberater bin.

»Und die Mutter?«, frage ich.

Ine überlegt. »Ordnung«, sagt sie und seufzt lange.

Alle Aufgaben sind eben nicht gleich einfach. Ich glaube, dass Ines Cousine es ebenso schwer hat wie ich.

If you obey all the rules, you miss all the fun. Das steht auf einem von Papas T-Shirts. Und es bedeutet, wenn man sich im Leben an alle Regeln hält, entgeht einem der Spaß.

Also kann der Spaß jetzt richtig losgehen. Denn obwohl Papa keine weiteren Überraschungen will, sitzen jetzt Ine und ich in meinem Zimmer vor dem Rechner und recherchieren. Vielleicht bin ich ja doch in den Flegeljahren.

Aber wir helfen auch Ines Cousine. Suchwort: Beziehungstipps. Das kann für Ine und auch für mich von Nutzen sein. Oder genauer gesagt, für Papa und für Ines Cousine. Beide haben eine Beziehung, die in Schwung gebracht werden muss. Und bei Papa ist wirklich noch eine Menge zu machen.

Es ist Nachmittag. Bei Ine und mir ist alles wie immer, jedenfalls von außen gesehen. Und obwohl sie die ganze große Pause allein in der Bibliothek verbracht hat, sind wir nach der Schule zusammen nach Hause gegangen. Allerdings ohne über das Brett zu laufen.

»Liebe folgt ihrer eigenen Logik«, lese ich. »Oft sind es gerade die kleinen Dinge, die einer Beziehung neue Würze geben können.« Wir haben eine Website namens *Herzensecke* gefunden, und wir hoffen, dass sie so einigen Dingen neue Würze geben kann.

Ine beugt sich zum Bildschirm vor und liest weiter: »Ein Herz aus Himbeermarmelade auf ihrem Frühstücksbrot, ein Stück Schokolade zu seinem Kaffee. Oder wie wäre es mit schöner Musik zum Abwasch? Einem romantischen Film nach dem Abendessen?« Sie verstummt und macht ein nachdenkliches Gesicht.

»Romantischer Film?«, frage ich. »Kennst du so einen?«

Der letzte Film, den Papa und ich zusammen gesehen haben, hieß »Hilfe, wir verreisen«. Ich glaube, den sollte ich hier nicht empfehlen.

Ine sieht mich an. »Ich kenne nur ein romantisches Musikstück.«

Und ich weiß, was sie sagen wird. »Clair de lune«.

»Das handelt übrigens vom Mond«, sagt Ine.

Aber gleich darauf fällt ihr ein, dass sie den Schluss des Stückes noch nicht gelernt hat. Und nun beschließt sie, dass ihre Cousine einen romantischen Gruß an den Badezimmerspiegel schreiben soll. Mit Lippenstift. Denn das wirkt offenbar immer, wenn man der *Herzensecke* glauben will. Vor allem, wenn beide Eltern glauben, der jeweils andere hätte es geschrieben.

Ine notiert sich alles in einem kleinen Buch.

»Aber dann haben wir immer noch Papa«, sage ich.

»Ja«, sagt Ine.

»Denn was, wenn wir nur eine Neue finden, die genauso ein hoffnungsloser Fall ist. Dann kann sie Ulla überhaupt nicht ausstechen.«

Ine nickt. »Wir müssen die Hoffnungslosen wohl aussieben.«

»Wie denn?«, frage ich. »Sie interviewen, oder was?«

Ine überlegt wieder. Ziemlich lange. Dann sagt sie: »Kontaktanzeige.«

Das sage ich auch. Gleich darauf, aber in einem ganz anderen Tonfall. Ich rufe es fast.

»Spinnst du? Was, wenn eine antwortet?«

»Idiot«, sagt Ine. Diesmal aber mit einem Lächeln. »Das ist doch der Sinn der Sache. Wir geben einfach deine Handynummer an.«

»Meine?« Wieder rufe ich. Gut, dass Papa nicht zu Hause ist. »Und was soll ich dann sagen?«

»Nichts, natürlich. Wir bitten die Frauen, nicht anzurufen. Sie sollen einfach eine SMS schicken und etwas über sich selbst erzählen. Und dann suchen wir uns die Besten aus.«

Ich bin nicht überzeugt. »Und was machen wir dann mit den Besten?«

»Mit denen überraschen wir deinen Vater«, sagt Ine und lächelt.

Ich glaube, sie ist wieder sie selbst.

PLAKATE UND GEMÜTLICHKEIT AM KAMIN

»Schön«, sagt Anne und schaltet das CD-Gerät aus.

Wir haben soeben »Geschwister von morgen« gesungen. Simon dachte, es fehlt noch eine Strophe, und sang drauflos, verstummte dann aber schnell. »Das wird super, Leute!« Anne spielt das Publikum und klatscht begeistert in die Hände. »Und dann hoch mit den Plakaten.«

Wir heben ein steifes Stück Pappe hoch, auf dem *HURRA* steht. Mit Blumen und Ballons. Emilie hat einen Stern um *FÜR* gezeichnet. Und am Ende kommt Kevin. *UNSERE SCHULE* steht auf seinem Plakat, und er schleudert die Haare ein wenig in den Nacken, als er es hochhebt. Auf eine Weise, die Mädchen einfach toll finden. Es ist also möglich, dass er eines schönen Tages Rockstar werden wird und nicht Diplomat.

Aber jedenfalls steht er an der falschen Stelle. Denn wenn man die Plakate von links nach rechts liest, steht da *UNSERE SCHULE HURRA FÜR*. Und dann hilft es nichts, wenn man coole Ballons gezeichnet hat.

Andererseits, Eltern nehmen es bei solchen Anlässen nicht so genau. Die heulen sowieso, denke ich.

»Also, meine süßen Kleinen«, sagt Anne. »Das wäre alles für

heute. Nur noch ein bisschen Zurechtfeilen, und dann seid ihr eher Jugendliche, als ihr Piep sagen könnt.« Die Klasse lacht ein bisschen. Erst seit ein paar Wochen nennt Anne uns süße Kleine, und deshalb wissen wir, dass sie Witze macht.

Aber ich lache nicht. Denn ich, Anton Albertsen, bin noch immer der Kleinste in der Klasse, und ich stehe noch immer in der ersten Reihe, um gesehen zu werden. Und ich denke an Jugendliche. Und daran, dass die Grundschule in wenigen Wochen zu Ende sein wird.

Eins steht jedenfalls fest: Bis dahin muss viel passieren. Zu viel.

Ich springe von der Bühne in die Turnhalle und gehe mit meiner Schultasche nach draußen. Ine war vor der Schule beim Zahnarzt, und wir haben eine wichtige Besprechung bis jetzt aufgeschoben. Bis jetzt, in der großen Pause, hinter dem Schuppen auf dem Schulhof.

Außerdem ist mir gerade eine neue Spalte für meine Liste eingefallen:

Dinge, die vor der nächsten Schule passieren müssen.

Darunter schreibe ich:

Wachsen (ca. halben Meter)
Haare (nicht auf dem Kopf), (ca. 2 cm)

Ich knülle die Liste schnell zusammen und stecke sie in die Schultasche, als Ine kommt. Sie sieht sauer aus und als Erstes sagt sie: »Reinfall.«

»Was meinst du?«, frage ich. Das frage ich eigentlich oft, wenn ich mit Ine zusammen bin.

»Die Mitteilung auf dem Spiegel«, seufzt Ine und lässt sich neben mich fallen. »Papa … also der Papa meiner Cousine, hat bloß gesagt: Wer hat denn auf dem Spiegel rumgesaut? Und dann sagte die Mutter, sie sei das jedenfalls nicht gewesen. Und danach haben beide meine Cousine sehr lange angestarrt.«

»Und dann?«, frage ich.

»Und dann haben sie geglaubt, SIE sei verliebt.«

Ich muss lächeln. Aber Ine findet das offenbar gar nicht komisch. Sie scheint sich so richtig in ihre Cousine hineinzuversetzen. »Was mach ich denn jetzt?« Sie hebt verzweifelt die Hände.

»Hmmmm«, sage ich. »Kann sie das nicht selbst hinkriegen?«

»Wer?«, fragt Ine.

»Deine Cousine«, sage ich. »Das sind doch ihre Eltern.«

Ine schüttelt den Kopf. »Nein«, sagt sie kurz. »Meine Cousine kann … die kennt sich mit Liebe nicht so gut aus.«

Ich glaube, ich verstehe. Ines Cousine hat natürlich keine Erfahrung. Und Erfahrung sammeln Ine und ich ja gerade. Mit Ulla und allem.

Wir grübeln eine Weile und Ine schaut skeptisch in ihre Proviantdose.

»Was ist denn mit den Bildern?«, frage ich dann. Denn *Herzensecke* rät, an die Zeit zurückzudenken, in der man sich verliebt hat. Man soll sich gemeinsam alte Bilder ansehen und versuchen, die Gefühle von damals zum Leben zu erwecken. Sozusagen noch einmal jung und verliebt werden. Oder zumindest verliebt. Denn alte Bilder können ja wohl keine Wunder bewirken.

Ine nickt nachdenklich. »Ich verstehe, was du meinst«, sagt sie und schreibt etwas in ihr kleines Notizbuch. »Vielleicht haben sie ja ein Album von ihrer Hochzeit.«

Ich wühle in meiner Schultasche nach meinem eigenen Pausenbrot. In vieler Hinsicht ist es gar nicht so schlecht, dass Ole im Lehrerzimmer sitzt und mit den Lehrern Schach spielt, während wir an der Liebe arbeiten, aber seine Pausenkost fehlt mir. Denn ich werde sicher lange suchen müssen, bis meine beiden Scheiben Knäckebrot zwischen Mathebuch und dem Vortrag über Verhütung auftauchen.

»Kohlrübe?«, bietet Ine mir grinsend an. Sie ist fertig mit ihren Notizen.

Ich schüttele den Kopf und drücke eine abgefallene Käsescheibe zurück auf das Knäckebrot.

»Was ist denn mit deiner Mutter passiert?«, frage ich stattdessen. »Ist sie sentimental geworden, oder was?«

Damit spiele ich auf die Banane in Ines Proviantdose mit den vielen Fächern an. »Für die beste Ine der Welt« steht darauf, was ein bisschen überraschend ist. Denn Ines Mutter schreibt sonst immer »Übung macht den Meister« und solche Dinge auf die Bananen. Persönliche Grüße sind ziemlich ungewöhnlich.

Ine schält die Banane und schaut in eine andere Richtung. »Bei Müttern hab ich noch nie irgendwas kapiert«, sagt sie nur.

Ich kaue auf meinem Knäckebrot herum und seufze ein bisschen. Ich kenne mich dafür nicht mit Vätern aus. Vor allem, wenn sie zu stricken anfangen. Ganz von selbst.

»... und bei der Liebe jedenfalls auch nicht«, sagt jetzt Ine und zielt auf die Mülltonne. Sie trifft fast. Die Bananenschale, auf der »Für die beste Ine der Welt« steht, hängt zappelnd über der Kante.

Danach klappt Ine die Dose mit einem Knall zu. »Genug über Bananen geredet«, sagt sie energisch. »Jetzt schreiben wir die Kontaktanzeige.«

Ich merke sofort, dass mein Magen noch immer nicht so recht weiß, ob das mit der Anzeige eine gute Idee ist. Aber mein Kopf ist voll von Wörtern und Sätzen aus den Anzeigen in Signe Salvesens Zeitschriften. Und zu irgendwas müssen die doch gut sein.

»Gemütlichkeit am Kamin«, sage ich. »Das muss da rein.«

»Warum?«, fragt Ine. »Ihr habt doch gar keinen Kamin.«

»Nein«, sage ich. »Aber wir haben Träume.«

Und dann ziehe ich einige Seiten hervor, die ich zu Hause aus den Zeitschriften herausgerissen habe. »Hör mal«, sage ich und lese vor:

Jugendlicher Mann mit Humor sucht sympathische Dame für nähere Bekanntschaft. Liebt Wanderungen in Feld und Wald. Nichtraucher, trinkt nur selten. Träumt davon, mit dir das Glück zu finden. Es wäre ein Vorteil, wenn du Hunde magst.

Ich blicke Ine triumphierend an. »Da siehst du's«, sage ich. »Wenn dieser Typ da davon träumen kann, das Glück zu finden, kann Papa wohl von einem Kamin träumen?«

»Sicher«, sagt Ine. »Jeder nach seinem Geschmack.«

Ich gehe zur nächsten Anzeige weiter.

Ich bin eine Frau von vierzig, die auf diese Weise den Mann meines Lebens finden möchte. Ich sehne mich nach einer Zwillingsseele, mit der ich alles teilen kann. Bin gern in der Natur, freue mich aber auch auf ruhige Abende an deiner Schulter vor dem Kamin. Liebe Kunst und Literatur. Und vielleicht dich?

Ine blickt mich eifrig an. »Die rufen wir an!«, sagt sie.

»Nein«, sage ich. »Ich bin ziemlich sicher, dass sie nicht Papas Typ ist.«

»Warum nicht?« Ine verdreht die Augen. »Dein Vater kann doch Experte für Kunst und Literatur werden, ehe sie sich treffen. So schwer kann das ja wohl nicht sein.«

»Die Zeitschrift war von 1994«, sage ich. »Die Frau ist doch bestenfalls jetzt im Altersheim.«

»Ach«, sagt Ine. »Wie dumm.« Und dann schüttelt sie den Kopf, als ob sie fast schon selbst eine alte Dame wäre. »Ab und zu vergeht die Zeit einfach zu schnell«, sagt sie nachdenklich.

Ich nicke. Das meiste geht zu schnell. Und deshalb bin ich gern bei Signe Salvesen. Ich bin sicher, dass ihre Uhr die Zeit langsamer vergehen lässt. Manchmal wünsche ich fast, ich wäre auch alt. Das kommt mir irgendwie leichter vor.

»Aber ich finde, er sollte jedenfalls auch von einem Fell träumen«, sagt Ine nach einer Weile.

Ich sehe sie fragend an.

»Wenn er nun auf Leben und Tod einen Kamin haben muss.« Ine erklärt: »Es klingt nämlich romantischer, wenn er davor ein Fell liegen hat.«

Romantisch. Wieder merke ich, dass mein Magen da seine Zweifel hat. »Ich bin nicht sicher, ob Papa romantisch genug für ein Fell ist«, sage ich.

»Und eine kleine Sitzunterlage?«, fragt Ine. »Aus Rentierfell?«

»Das wäre sicher besser«, sage ich.

»Die kann er von uns leihen«, erklärt Ine zufrieden und zieht ein Blatt Papier hervor. »Okay, was muss noch in der Anzeige stehen?«

Ich überfliege die Seite aus der Zeitschrift ganz schnell. »Eine warme Schulter«, sage ich. »Das wünschen sich hier offenbar viele.«

»Na gut«, sagt Ine und schreibt *Kamin, Sitzunterlage* und *warme Schulter* oben auf das Blatt.

Dann nagt sie an ihrem Bleistift. »Und er muss jugendlich sein«, sagt sie.

»Ja«, sage ich.

»Es jedenfalls versuchen«, fügt Ine hinzu.

Wir werden jetzt beide nachdenklich. Jugendlichkeit ist vielleicht nicht gerade Papas starke Seite. Aber klar, es kommt immer auf den Vergleich an. Im Vergleich zu Oma zum Beispiel ist Papa doch durchaus jugendlich.

»Aber wie soll die Frau denn eigentlich sein?« Ine zieht einen Strich mitten über das Blatt.

»Fröhlich«, sage ich schnell, »damit auch Papa fröhlicher werden kann.«

Ine schreibt *fröhlich* unter den Strich.

»Aber nicht zu fröhlich«, sage ich nach kurzem Nachdenken. »Nicht so eine, die die ganze Zeit lacht.«

Ine nickt und versteht, was ich meine. Wir haben schon eine Frau zu viel von der Sorte.

»Wie wär es mit: trauriger Mann sucht nicht allzu fröhliche Frau zu gemeinsamen Vergnügungen?«, schlägt Ine vor.

Ich überlege kurz, ehe ich den Kopf schüttele. »Nicht Vergnügungen«, sage ich. »Gemütlichkeit. Das klingt kuscheliger.«

Ine findet das auch. Wir sagen den Satz einige Male laut, aber er klingt irgendwie nicht ganz so, wie er soll, finden wir.

»Das ist nicht romantisch genug«, meint Ine.

Ich glaube auch, dass etwas fehlt. »Jugendlicher Mann mit warmer Schulter ...«, versuche ich. Bei der ganzen Romantiksache bin ich unsicher. Schulter ist aber kein Problem, die haben ja schließlich alle.

Ine nickt. »Das kann gut werden«, sagt sie. »Jugendlicher Mann mit Schulter ... sucht Gemütlichkeit am Kamin, zum Beispiel?«

»Klingt, als ob er Würstchen braten möchte«, antworte ich.

Wir sehen einander an und seufzen im Chor. Das hier ist wirklich schwer. Ich esse mein Knäckebrot und Ine wirft ihre Rübe ins Gebüsch.

»Ich glaube, wir müssen etwas darüber sagen, was dein Vater gernhat«, sagt sie endlich. »Damit er verlockend klingt.«

»Er isst gern Pizza«, sage ich.

Ine sieht mich an. »Ich glaube, das ist nicht verlockend genug«, sagt sie.

»Und mag die Fernsehnachrichten«, sage ich. Ziemlich halbherzig.

Dann wird zur Stunde geläutet. Ich knülle mein Butterbrotpapier zusammen und treffe beim zweiten Versuch die Mülltonne.

»Wir schreiben getrennt unsere Vorschläge für die Anzeige«, sagt Ine, als wir ins Haus gehen. »Und morgen entscheiden wir, welche uns besser gefällt.«

Ich bin wirklich froh darüber, dass Ine und ich wieder Freunde sind.

DAS JUNGENKLO

»Verhütung.« Ich räuspere mich und versuche mir vorzustellen, dass die ganze Klasse mich anstarrt und dass ich ganz ruhig bin. Papa hat diese Technik offenbar einmal in einem Kurs gelernt. Aber ich glaube eigentlich nicht, dass sie bei Leuten mit unseren Genen funktioniert.

Wir haben Generalprobe, Ole und ich, für unseren Vortrag. Im Gruppenraum 6. Denn es eilt jetzt nämlich mit der Verhütung, sagt Lars. Und damit meint er nicht, dass es seiner Ansicht nach zu viele Menschen auf der Erde gibt, sondern dass die Gruppen, die ihren Vortrag noch nicht fertig haben, sich beeilen sollen. Denn in der nächsten Biostunde sind wir dran.

Als ob es etwas gäbe, das ich noch mehr hasse: vor der ganzen Klasse stehen, mit weichen Knien, und mit der dünnen Kaninchenstimme, die ich immer dann kriege, wenn ich sie gar nicht gebrauchen kann. So als wenn jemand meine Stimme mit doppelter Geschwindigkeit abspielt. Ich freue mich wirklich auf den Stimmbruch. Bei meinem Glück ist es wohl in zehn Jahren so weit, wenn alles gut geht.

Ich hole Atem. »Woher das Wort ›Kondom‹ stammt, steht nicht fest«, lese ich vor. »Aber es hängt vielleicht zusammen mit einem gewissen Doktor Condom, der im 16. Jahrhundert in England gelebt hat.«

Schon an dieser Stelle wird die Klasse einen Lachkrampf kriegen. Ich muss das einfach eiskalt durchziehen. Ich schaue die leeren Tische im Gruppenraum an und merke, dass ich gar nicht versuchen muss, mir ein Publikum vorzustellen. Allein schon die acht leeren Stühle machen mir eine Sterbensangst.

Dennoch rede ich weiter. »Das Kondom gehört zu den Barrieremethoden, denn es bildet sozusagen eine Sperre, die die Samenzellen daran hindert, das Ei zu erreichen.«

Und ich denke: Sperre ist gut. Wenn ich selbst durch das Gummi gekommen bin, reden wir hier ja nicht gerade von einer funktionierenden Sperre. Schließlich gehe ich sonst auch immer als Letzter durchs Ziel.

»Die Sicherheit des Kondoms variiert«, lese ich weiter und nicke Ole zu. Denn wenn schon Generalprobe, dann richtig. Ole bückt sich und hebt das Plakat, das er gebastelt hat. Wir konnten uns nicht so richtig über den Text einigen, aber da Ole schon fast eine Stunde lang gebraucht hatte, um die Buchstaben auszumalen, hatte er das letzte Wort. *KONDOME ZU JEDER GELEGENHEIT* steht dort in Blasenschrift. Außerdem hat Ole Blumen und Ballons gemalt, es sieht also wirklich aus, als könnte man mit Kondomen allerlei lustige Dinge anstellen.

Andererseits: Was weiß denn ich. Lars müsste jedenfalls zufrieden sein, er will doch immer unbedingt Plakate haben.

»Aber bei korrekter Anwendung ist es ein gutes Verhütungsmittel«, schließe ich.

Korrekte Anwendung. Klar doch, ich habe schon längst begriffen, was passiert ist, als ich entstanden bin. Denn wenn man einen ziemlich ungeschickten Papa hat, dem immer die Pizza anbrennt, dann kann man sich den Rest ja wohl denken. Um es mal so zu sagen: Wenn es überhaupt möglich ist, ein Kondom falsch herum anzuziehen, dann hat mein Papa das geschafft. Das wette ich.

Und jetzt ist Ole an der Reihe, während ich mein Plakat hochhalte. *Die Pille* steht in kleinen schwarzen Buchstaben darauf. Und ich habe nichts dazugemalt.

»Die Minipille«, beginnt Ole, wird aber unterbrochen. Lars steckt plötzlich den Kopf in unseren Gruppenraum.

»Habt ihr meine Kondome aus dem Lehrerpult genommen?«, fragt er.

Ole und ich wechseln einen Blick und schütteln langsam und erschrocken den Kopf.

Hatte Lars wirklich seine Kondome im Pult liegen? Ich dachte, dazu hätte man einen Nachttisch. Und warum glaubt er, WIR hätten sie geklaut?

Lars lächelt. »Für euren Vortrag, meine ich.«

Ach so. Wir müssen auch ein bisschen lächeln. »Nein«, sagen wir wie aus einem Munde.

Lars kratzt sich am Kopf. »Ich dachte, wir könnten sie in der nächsten Stunde zeigen ...«, sagt er. »Ja, ja, dann muss ich eben was an die Tafel zeichnen. Macht weiter mit der Arbeit, Jungs – das wird gut. Und wir treffen uns in zehn Minuten im Klassenzimmer.«

»Klassenfest! Cool!«

Ole ist keiner, der stark und cool wird, wenn er eigentlich stolz ist. Mit einem breiten Lächeln wandert er kreuz und quer durch unser Klassenzimmer und lässt sich Zeit dabei, auf jeden Tisch eine Einladung zu legen.

»Und mit Tanzen!«, heulen Vilde und Sara. Sie sehen erst einander an, dann Kevin und dann wieder einander. Und dann kichern sie wie immer.

Ich sehe nur Ine an. Nicht, weil ich unbedingt tanzen will. Aber weil ich mich frage, ob Ine das will.

Das aber lässt sich nicht so leicht sagen. Denn Ine schaut gerade aus dem Fenster, und an ihren Augen sieht man, dass sie gerade weit weg ist. So sitzt sie in letzter Zeit eigentlich ziemlich oft da. Nicht, dass ich sie die ganze Zeit anschaute, im Gegenteil. Aber trotzdem, ich würde viel dafür geben, um zu erfahren, woran sie denkt.

Denn sie zerbricht sich wohl kaum den Kopf über Papa und die Kontaktanzeigen.

In diesem Moment dreht sich Kevin zu ihr um. Er sitzt vor ihr, und wenn er seinen Stuhl nur ein bisschen nach hinten kippt, kann er sich fast über Ines Tisch lehnen. Ich sehe, dass er irgendetwas flüstert, und ich sehe, dass Ine lacht und zurückflüstert.

Aber ich finde eigentlich nicht, dass Ine mit Kevin lachen sollte. Wirklich nicht. Sie hat doch mich. Außerdem nennt mich Kevin noch immer Speedo, wenn er eine Gelegenheit findet. Und man albert doch wohl nicht mit Leuten rum, die den besten Freund Speedo nennen.

Denn Ine und ich sind schließlich beste Freunde. Das waren wir immer schon.

Kevin lässt seinen Stuhl zurückkippen und Ine schaut wieder aus dem Fenster.

Beste Freunde, denke ich. Es ist wunderbar, einen besten Freund oder eine beste Freundin zu haben. Denn besten Freunden ist es doch egal, ob jemand ein bisschen klein geraten ist oder große Ohren hat. Besten Freunden ist es egal, ob man als Erster oder Letzter durchs Ziel geht oder ob man die Haare auf eine Weise schleudern kann, die Mädchen gefällt. Beste Freunde gehen einen Umweg zur Schule und sie gehen zusammen über das Brett.

Das tun Ine und ich. Oder das haben wir getan, bis vor wenigen Tagen.

Ich denke daran, wie oft wir geklettert und balanciert sind, wie oft wir uns die Knie aufgeschrammt haben. Und daran, wie wir davon geträumt haben, das Brett nach ganz oben zu legen.

Dann, ganz am Ende, denke ich den Gedanken fertig, den ich eigentlich seit dem Tag mit mir herumschleppe, als wir getrennt die Polonaise geübt haben. Dass Ine, da hinten beim Fenster, vielleicht überhaupt nicht grübelt. Dass Ine, meine beste Freundin, vielleicht verliebt ist. In Kevin. Das Alphamännchen. Und dass sie, wenn sie aus dem Fenster und in eine andere Welt starrt, in eine Welt sieht, in der es nur Kevin gibt. In der sie zusammen tanzen. Und in der er die Haare schleudert.

Plötzlich tut mein Magen mir ganz schrecklich weh. Als ob ich mit einem furchtbar fiesen und Übelkeit erregenden Gelee gefüllt wäre, das weich macht und zugleich Schmerzen verursacht. Und das ich noch nie gespürt habe.

Dann hebe ich die Hand. Und frage Lars, ob ich mitten in der Stunde aufs Klo gehen darf.

Das Jungenklo ist zum Glück leer. Es fehlt nicht an Klopapier und allem anderen, das an einem schmutzigen Boden festkleben kann, aber ich bin immerhin allein. Und zwischen zwei Papierkörben bleibe ich stehen und überlege.

»Anton Albertsen«, frage ich mich. »Was machst du jetzt?«

Ich bin nicht sicher, ob ich antworte, aber ich merke jedenfalls, dass ich gern kotzen würde. Deshalb gehe ich in die einzige Zelle mit Schloss und würge mehrere Male über der Kloschüssel. Bis mein Gesicht nass vor Tränen ist. Aber ich kotze nicht. Obwohl ich dieses fiese Gelee in meinem Bauch so gern loswerden möchte, zusammen mit einem ganzen Klassenfest und einem Typen, der seine Haare schleudert.

Danach stehe ich lange vor dem Spiegel über den Waschbecken. Jemand hat in großen Buchstaben FUCK hineingeschrieben. Und aus dem U lugt mein Gesicht hervor; Anton Albertsen, mit zwei riesengroßen Ohren aus F und CK.

Ich denke: Dumbo, meine Güte. Als ob ich es jemals schaffen würde, vom Boden abzuheben.

Dann wasche ich mir die Hände und reibe mir ein bisschen kaltes Wasser ins Gesicht. Danach denke ich etwas klarer. Ich denke: Sicher habe ich etwas Falsches gegessen. Vielleicht die Salami auf meinem Pausenbrot, denn da war das Verfallsdatum gestern. Ja, sicher ist das der Grund. Denn ehrlich gesagt, man will doch nicht kotzen, bloß weil man eine beste Freundin hat, die vielleicht in einen Typen verliebt ist, der seine Haare schleudert?

Dann trockne ich mich ab und stehe schon bei den Haken vor unserem Klassenzimmer, ehe mir aufgeht, dass ich Klopapier unterm Schuh habe. Das knülle ich zusammen und stecke es in Kevins Jackentasche.

»Ich muss gleich nach Hause«, sagt Ine nach der Schule.

»Ach ja?«, frage ich so alltäglich, wie ich nur kann.

»Clair de lune. Total schwer.«

Ich würde eigentlich gern fragen, was denn an einem blöden Klavierstück so wichtig sein kann. Aber ich sage nur »Okay«.

Aber ich denke an das Brett. Und daran, dass ich zuletzt allein darüber gegangen bin. Bei Regen.

»Aber wir schreiben uns nachher, ja?« Ine springt auf ihr Rad.

»Was denn schreiben?«

»Die Kontaktanzeigen natürlich! Bis dann.« Und weg ist sie. Aber zum Glück nicht in Gesellschaft von Kevin.

Langsam befestige ich meine Schultasche auf dem Gepäckträger und schließe das Fahrradschloss auf.

In diesem Moment kommt Ole. Er ist natürlich munter und zufrieden und alles, was mir jetzt überhaupt nicht passt.

»Mit wem möchtest du denn tanzen?«, fragt er ohne Einleitung.

Ich zögere ein bisschen.

»Ine, oder?«

»Vielleicht«, sage ich. »Vielleicht auch nicht. Ich dachte, ich überlasse das meiner Inspiration.«

»Wie denn das?«, fragt Ole.

»Ich tanze nur mit der, mit der ich gerade am liebsten tanzen möchte«, sage ich und würde plötzlich schrecklich gern so richtig toll meine Haare schleudern. Aber das tue ich nicht. Denn ich will ja nicht auf Ole verlockend wirken.

»Und mit wem möchtest du gerade am liebsten tanzen?«, fragt Ole.

Ich sehe ihn an, seufze kurz und wechsele das Thema. »Und du?«, frage ich.

»Ich habe mich für Emilie entschieden«, sagt Ole zufrieden. »Und mein Vater hat mir Tanzen beigebracht.«

Diese letzte Information kommt für mich so überraschend, dass ich total vergesse, Ole daran zu erinnern, dass er noch herausfinden muss, ob Emilie überhaupt einverstanden ist.

Denn ist das immer so? Dass Papas ihren Söhnen Tanzen beibringen?

Das wusste ich nicht. Und ich glaube, Papa weiß es auch nicht.

»Also ... was bringt er dir denn bei?«, frage ich.

»Das hier«, sagt Ole und legt mir plötzlich eine Hand auf die Schulter und einen Arm um die Taille.

Hilfe. Ich schüttele mich blitzschnell los und schaue mich ängstlich zwischen den Fahrrädern um. »Hier nicht«, sage ich nervös.

Ole macht ein erstauntes Gesicht. »Wo denn?«, fragt er.

»Bei mir«, sage ich. »Morgen.«

Ole nickt. »Okay.«

»Damit du noch ein bisschen mehr Übung kriegst«, füge ich hinzu. Und dann fahre ich nach Hause.

MEIN VERLOCKENDER PAPA

Arbeitsbesprechung. Erst gegen 7 zu Hause. Pizza im Kühlschrank. Auf dem Küchentisch liegt ein Zettel von Papa.

Reizend. Meine beste Freundin ist vermutlich in einen anderen verliebt, ich werde eine strickende Stiefmutter bekommen und niemand hat mir Tanzen beigebracht. Kurz gesagt: Ich befinde mich gerade in einer echten Lebenskrise – und das Einzige, was einen empfängt, ist kalte Pizza.

Aber egal. Es ist eigentlich ziemlich gut, allein zu sein, wenn man eine Kontaktanzeige verfassen soll. Und es ist eigentlich auch ziemlich gut, wenn der, der nichts von der Kontaktanzeige wissen soll, nicht in der Nähe ist.

Ich werfe die kalte Pizza in die Mikrowelle und finde ganz hinten im Kühlschrank eine offene Flasche Cola, die noch zur Hälfte mit schaler Flüssigkeit gefüllt ist. Genauso fühle ich mich auch gerade. Ganz ohne Kohlensäure sozusagen.

Dennoch hole ich mir Papier und Bleistift und fühle mich plötzlich sehr erwachsen. Denn Erwachsene tun Dinge, zu denen sie keine Lust haben, die ganze Zeit.

Verlockungen, schreibe ich. Dazu ein Fragezeichen.

Denn Ine meint ja, ich sollte Papa verlockend wirken lassen.

Ich lasse den Bleistift hin und her wippen und zerbreche mir den Kopf darüber, womit Papa verlocken kann.

Reinlicher Mann, schreibe ich. Das ist ein guter Anfang. Und mir fällt plötzlich ein, dass Frauen keine Männer mögen, die zu genau wissen, dass sie attraktiv sind. Also füge ich hinzu: *Reinlicher Mann, der weiß, dass er nicht attraktiv ist, sucht …*

Tja. Was sucht er eigentlich?

Um ganz ehrlich zu sein – Papa sucht ja nichts. Wer hier sucht, das bin ich. Und im Moment ist es mir eigentlich total egal, ob sie ein Paar werden oder nicht. Das Einzige, was wichtig ist, ist, dass diese Frau Ulla verscheucht.

Aber »reinlicher Mann sucht abschreckende Frau« klingt auch nicht gut.

Nein, die Frau muss sympathisch sein. Falls es zwischen ihnen so richtig schnappt.

Und noch etwas: Sie darf auch nicht allzu enttäuscht sein, wenn sie Papa kennenlernt. Ich meine, wenn sie Superman erwartet, macht sie doch auf dem Absatz kehrt. Und das wäre schade für Papa.

Also muss ich hier wohl ehrlich sein. So einigermaßen jedenfalls.

Reinlicher Mann, der weiß, dass er nicht attraktiv ist, sucht sympathische Frau, schreibe ich. *Mag Kamin, eine Schulter zum Anlehnen und Sitzunterlage.*

Aber dann fällt es mir plötzlich ein: Papas Beruf. Toilettenstuhl Berg-Knut aus säuregebeizter Fichte und Jotun-Per, der das Feuchte vom Trockenen trennt. Und dann noch Dovre-Nils mit dem sechs Meter langen Urinablaufschlauch. Das ist wirklich nicht besonders verlockend.

Hm. Vielleicht ist es der Trick, alle Karten auf einmal auf den Tisch zu legen? Damit die Frauen, die über irgendetwas davon die Nase rümpfen, sich dann gar nicht erst melden? Ich überlege eine Weile und finde das eine gute Idee.

Was muss Papas Freundin also alles hinnehmen?

Ich schreibe:

Pferdeschwanz (Papas)
Angebrannte Pizza
Jungs (mich)
Papas Beruf (Hüttentoiletten)

Also, das mit der Pizza lässt sich ja ändern. Das mit dem Pferdeschwanz auch – bestimmt haben wir eine Schere in der Küchenschublade.

Das mit Papas Arbeit ist nicht so einfach. Und mich wird sie auch nicht los. Trotz allem.

Es ist ein Vorteil, wenn du Jungen und Hüttentoiletten magst, füge ich am Ende noch hinzu.

HÖHENANGST

Ine ist nicht ganz überzeugt. Sie antwortet fast sofort auf meine SMS. »Mag denn irgendwer HÜTTENTOILETTEN?«, schreibt sie.

Ja, denke ich, es gibt sicher viele Menschen, die sich über eine gute Toilette in ihrer Hütte freuen. Aber ich weiß ja auch, was Ine meint: Es kommt immer auf den Zusammenhang an. Denn manchmal muss man aufs Klo, und manchmal braucht man jemanden zum Liebhaben. Alles zu seiner Zeit.

»Hast DU einen Vorschlag?«, frage ich zurück.

»Fehlanzeige«, ist die Antwort. »Muss üben.«

Sag bloß, denke ich. Sicher sitzt Ine in ihrem perfekten Zimmer und schreibt einen perfekten Liebesbrief an einen perfekten Jungen, der die Haare nach hinten schleudert.

Und ich werde reichlich sauer, obwohl das Gelee aus meinem Bauch verschwunden ist. Und ich verliere alle Inspiration zu einer weiteren Anzeige. Stattdessen sehe ich mir im Fernsehen eine Wiederholung von *Aus der Natur* an. Es geht um Elche und hilft mir kein bisschen weiter.

Denn solche Sendungen sind nicht besonders aufmunternd. Schon wieder sind es nur die tollsten Typen, die bei den Damen eine Chance haben. Und obwohl der arme Elchbulle wirklich alles versucht, hilft es nichts. Die Elchkuh ist total uninteressiert.

Mitten in der Brunftzeit der Elche klingelt mein Handy.

»Äh … Anton«, sagt Papa.

»Ja?«, frage ich.

»Ich hatte einen kleinen Unfall.«

Unfall? Zum Glück höre ich Papas Stimme an, dass es ihm ein bisschen peinlich ist. Und das kommt ja nicht vor, wenn man in Lebensgefahr schwebt oder so. Also brauche ich mir wohl keine Sorgen zu machen.

»Wo denn?«, frage ich.

»Ich bin ohnmächtig geworden«, sagt Papa. »Im Fahrstuhl.«

Ich bin überrascht. »Aber du hast doch keine Angst vor Fahrstühlen«, sage ich.

»Nein«, sagt Papa. »Aber von jetzt an vielleicht doch.«

Fahrstuhlangst. Das hat uns gerade noch gefehlt. Nicht gerade toll. Und nicht besonders anziehend, stelle ich mir vor.

»Warum denn?«, frage ich.

»Das kam von der Höhenangst«, sagt Papa.

Und dann erklärt er es mir. Dass er mit der Arbeit bei einem Seminar im Hotel Plaza war, einem der höchsten Häuser in der Stadt. Und als das Seminar zu Ende war – im dreiunddreißigsten Stock –, fuhr Papa mit dem Fahrstuhl wieder nach unten. Dem falschen Fahrstuhl. Dem äußeren, der aus Glas ist und Aussicht über die ganze Stadt hat. Ziemlich überwältigend und viel zu viel für Papa. Der hatte nämlich noch nie den Wunsch, sich die Stadt von oben anzusehen. Papa will eigentlich alles vom Boden her betrachten. Und deshalb ist es auch kein Zufall, dass unsere Wohnung im Erdgeschoss liegt.

»Hast du dir sehr wehgetan?«, frage ich.

»Glaub ich nicht«, sagt Papa, »aber ich hab eine Beule auf der Stirn. Und ich liege auf einem Sofa in der Rezeption. Ich soll noch eine Weile liegen bleiben, ehe ich nach Hause darf.«

»Okay«, sage ich.

Mein armer Papa. Er steht nicht nur schief, wie die Erde. Heute ist er total umgekippt. Ich hoffe wirklich, dass Frauen, die Kontaktanzeigen lesen, nicht so anspruchsvoll sind wie die Elchkuh.

Ich seufze, aber das hört er nicht. »Ruh du dich nur aus«, sage ich. »Ich komm inzwischen schon zurecht.«

Als wir aufgelegt haben, nehme ich mir einen Zettel und schreibe: *Lieber und bodenständiger Mann von vierzig sucht Freundin. Wenn du eine sympathische Frau bist, dann schick mir doch eine SMS.* Und darunter schreibe ich dann meine Nummer.

Das klingt ziemlich gut, finde ich. Und ich füge hinzu: *PS. Ich kann leider nicht ans Telefon gehen, aber ich lese Mitteilungen und antworte, so schnell ich kann.*

Ich hoffe, das mit »bodenständig« schreckt Frauen ab, die gern bergsteigen.

Diesmal ist Ine ziemlich beeindruckt. Sie lässt sich sogar zu einem Anruf herab.

»Okay«, sage ich erleichtert. »Was machen wir jetzt?«

»Aufhängen«, sagt Ine.

»Aufhängen?«, wiederhole ich.

»Natürlich, was hattest du denn vor? Auf der Straße Kontaktanzeigen verteilen?« Ine lacht.

»Ich hatte eher an eine Zeitschrift oder so was gedacht«, sage ich.

»Vergiss es«, sagt Ine. »Das dauert zu lange. Kann bestimmt einen Monat oder so dauern, bis sie da veröffentlicht wird. Und bis dahin können Ulla und dein Vater schon verheiratet sein.«

»Meinst du?« Ich merke, dass mir kalt wird.

»Jepp«, sagt Ine. »Aber du musst ganz viele Exemplare aushängen. Je mehr Frauen die Anzeige lesen, umso größer ist die Möglichkeit, dass wirklich eine antwortet, meinst du nicht? In den Supermärkten gibt es doch solche Infotafeln, wo man Zettel aushängen kann. Bei Rema und Kiwi, und bei Coop auch.«

Ich bin noch immer unschlüssig. »Aber was, wenn Papa den sieht?«

Ine seufzt nachsichtig. Und sie braucht eigentlich nichts zu sagen. Denn Papa achtet nicht besonders auf Einzelheiten. Jedenfalls nicht im Laden. Er ahnt nicht einmal, dass es solche Tafeln gibt.

»Es wollte übrigens niemand Bilder sehen«, sagt Ine. »Bei meiner Cousine.«

»Ach«, sage ich. »Warum denn nicht?«

»Die Mutter findet, dass sie im Brautkleid so fett aussah, und der Vater findet, dass man gewisse Dinge in Frieden ruhenlassen sollte.«

»In Frieden?«

»Frag mich nicht«, sagt Ine und wir legen auf.

Aber gleich darauf klingelt mein Telefon wieder.

Ich melde mich und sage: »Wären denn dann nicht Rosenblätter in der Badewanne ziemlich romantisch?«

Am anderen Ende der Leitung ist es ganz still. Aber nur kurz, dann ist ein vertrautes Lachen zu hören. Aber nicht Ines.

»Bist du das, Anton?«, gluckst es. Und ich möchte mich plötzlich unter den Sofakissen vergraben und unter der Decke in frischen Frühlingsfarben, die Ine noch nicht zurückbekommen hat.

Denn es ist natürlich Ulla. Zur falschen Zeit am falschen Ort, wie üblich.

»Äh ... ja«, antworte ich. »Ich wollte gerade mal ... ein Bad nehmen.«

»Ach was«, sagt Ulla lachend. »Mit Rosenblättern und allem?«

»Ja«, würge ich heraus. »Ich mag doch solche ... stimmungsvollen Sachen ...« Ich schneide eine Grimasse. Ulla fragt sich bestimmt nicht mehr, ob ich ein ziemlich seltsames Kind bin. Sie ist sich inzwischen garantiert sicher.

Aber sie lacht noch immer. »Egal«, sagt sie. »Ich dachte, das sei die Nummer deines Vaters. Die stand hinter seinem Namen in den Gelben Seiten.«

Story of my life. Ich weiß schon gar nicht mehr, wie oft ich wegen Trockenklos und Urinablaufschläuchen angerufen worden bin. Sicher fünfzigmal.

»Da stehen zwei Mobilnummern«, sage ich und seufze. »Und die eine ist meine. Außerdem ist Papa nicht zu Hause.«

»Na gut«, sagt Ulla. »Dann ruf ich später noch mal an. In der Kirche gibt es eine interessante Veranstaltung, zu der ich gern mit ihm gehen würde. Für die Eltern von Jugendlichen.«

Die Eltern von Jugendlichen? Ulla hat doch gar keine Kinder. Geschweige denn Jugendliche.

»Wann kommt er denn nach Hause?«, fragt sie jetzt.

»Ich weiß nicht«, sage ich wahrheitsgemäß. »Er ist im Plaza.«

»Ach?«

Ulla ist bestimmt ein bisschen neugierig. Sie kann ja nicht wissen, dass Papa im Plaza ist, um über Toiletten und Urinablaufschläuche zu reden. Und plötzlich hoffe ich, dass sie glaubt, dass er mit einer Frau dort ist. Mit einer richtig abschreckenden.

»Was macht er da?«, fragt sie.

»Er hat sich dort ein bisschen unterhalten und sich anschließend hingelegt ...«, antworte ich jetzt. Das stimmt ja. Dass er sich im Fahrstuhl hingelegt hat, muss ich ja nicht erwähnen. Ich lasse den Satz einfach so in der Luft hängen. So lange, dass Ulla sich bestimmt den Kopf zerbricht, mit wem sich Papa im Plaza unterhalten hat. Und mit wem er sich hingelegt hat.

»Ich rufe später wieder an«, sagt Ulla. Ziemlich kurz angebunden.

Kein »Auf Nimmerwiedersehen« oder so was, worauf man vielleicht hoffen durfte. Nein, Ulla lässt sich offenbar von Frauen, die sich im Plaza mit einem Papa unterhalten, nicht weiter abschrecken.

Aber vermutlich glaubt sie mir nicht. Und das kann ich eigentlich verstehen.

Also ist es leider wohl so: Ulla muss Papas Freundin mit eigenen Augen sehen, um sich abschrecken zu lassen. An der Kontaktanzeige führt kein Weg vorbei.

Aber eins muss ich Ulla lassen. Sie ist offenbar nicht so anspruchsvoll wie eine Elchkuh.

IF YOU OBEY ALL THE RULES

Heute Morgen bin ich es, der für Papa einen Zettel schreibt. *Die Schule fängt heute früher an*, steht da. *Schönen Tag noch. Gruß Anton.*

Papa schläft noch immer friedlich, als ich mich aus der Tür schleiche. Das würde er nicht tun, wenn er wüsste, was ich vorhabe.

Seine Heftzwecken liegen in meiner Hosentasche.

Zum Glück sind so früh am Morgen noch nicht so viele Menschen im Supermarkt. Und die, die da sind, haben es eilig. Das ist eine gute Nachricht für mich, ich will ja nicht bemerkt werden. Aber dennoch bin ich nervös, und sozusagen zum Aufwärmen kaufe ich mir eine Schachtel Halspastillen. Man weiß ja nie, wann man Halsschmerzen bekommt.

Danach schlendere ich los. Hin und her vor dem Schwarzen Brett, mindestens dreimal, während ich die dort aushängenden Zettel lese. Es gibt wirklich viele Angebote. Anna möchte dein Haus putzen. Bjørg möchte dir Yoga-Unterricht geben, und Zarita kann in die Zukunft blicken und deine Energiebahnen wiederherstellen.

Aber niemand bietet einen vierzig Jahre alten Mann an.

Bis jetzt. Ich schaue mich schnell nach beiden Seiten um und beschließe zuzuschlagen.

Ich öffne meine Schultasche, ziehe einen Zettel heraus und bringe ihn in einem Tempo an der Tafel an, über das ich selbst staunen muss.

Mit hämmerndem Herzen nehme ich mein Werk in Augenschein.

Wochenplan für die 7 B steht da. Es gibt Hausaufgaben in Norwegisch und Mathe. Wochenplan für die 7 B?

Ich fluche leise, reiße den Wochenplan von der Tafel und ziehe die richtige Anzeige hervor. Ich befestige sie in aller Eile über der halben Zarita und einem großen Teil von Bjørgs Yoga. Dann suche ich in meiner Tasche nach einer weiteren Heftzwecke, sozusagen sicherheitshalber.

Aber in diesem Moment höre ich jemanden »Hallo Anton« sagen, und ich ziehe die Hand so schnell aus der Tasche, dass der ganze Tascheninhalt auf den Boden fällt. Das ist mir aber ziemlich egal.

Was mir nicht egal ist, ist mein Gesichtsausdruck. Ich versuche ganz alltäglich auszusehen. Als ob ich auf jemanden warte und als ob ich mir das Schwarze Brett ansehe, weil ich mich langweile.

Denn vor mir steht Ines Vater mit einer Aktentasche unter dem Arm und einem seltsamen Ausdruck im Gesicht. Nun kenne ich Ines Vater ja nicht besonders gut, meistens steht er in der Garage und wäscht eins der drei Autos der Familie, aber dennoch – an seinem Blick ist etwas Seltsames.

Ines Vater schaut vom Boden her an mir hoch und dann fragt er: »Was hast du vor?«

»Ich wollte nur … ein bisschen was ausprobieren«, sage ich und zeige auf die Aushänge.

»Ausprobieren?«, fragt er. »Was denn, wenn ich fragen darf?«

»Äh … so dies und das«, antworte ich. Und ich habe ein fieses Gefühl. Dass Ines Vater genau weiß, was ich hier mache.

»Und was sagt dein Vater wohl dazu?«

Und richtig. Er hat kapiert, dass ich die Kontaktanzeige für Papa aufgehängt habe. In meinem Kopf ist es sofort ganz leer. Und aus meinem Mund rutscht der blödeste Spruch, den ich in meinem ganzen Leben je gebracht habe:

»If you obey all the rules, you miss all the fun«, sage ich mit dämlichem Lächeln.

Ines Vater sagt nichts. Er verzieht den Mund und geht mit energischen Schritten in den Laden. Noch seltsamer als vorher.

Ich seufze zitternd und bücke mich, um die Heftzwecken aufzuheben.

Und nun sehe ich es. Dass nicht nur Heftzwecken und Halspastillen aus meiner Tasche gefallen sind. Dort, auf dem Boden vor dem Schwarzen Brett, liegt wie ein überaus unnatürlicher Mittelpunkt: eine Packung Kondome.

Eine ganz echte Packung Kondome Marke Nøkken.

Ich würde am liebsten laut losheulen. Und als Erstes möchte ich heulen: »Wie ist eine Packung Kondome in MEINE Jacke geraten?«

Und dann wird es noch schlimmer. Denn ich denke plötzlich an Ines Vater. Wie sein Blick vom Boden her an mir hochgewandert ist. VOM BODEN!

Fast hysterisch lasse ich den Film noch weiter zurücklaufen und versuche mich zu erinnern, was ich denn überhaupt zu ihm gesagt habe.

Und das weiß ich noch. Viel zu gut. »Ich will nur ein bisschen was ausprobieren.« »So dies und das.« EIN BISSCHEN AUSPROBIEREN?!!! Mir schaudert. SO DIES UND DAS!!???

Glaubt Ines Vater wirklich, ich wollte so dies und das ausprobieren – MIT KONDOMEN!!?? Der Mann muss mich doch für total verrückt halten.

Und ich schlage die Hände vors Gesicht, als mir jetzt einfällt, was ich als Letztes gesagt habe.

»If you obey all the rules, you miss all the fun.«

Wie betäubt gehe ich weiter zu Kiwi, Coop und einem kleinen Kiosk, in dem es fast nur Dinge mit überschrittenem Verfallsdatum gibt. Und ich hänge die Kontaktanzeigen aus, ohne das weiter wichtig zu nehmen.

Denn ich habe es jetzt verstanden. Was aus den Kondomen geworden ist, die Lars im Unterricht vorführen wollte. Man braucht kein Einstein zu sein, um das zu durchschauen. Jemand hat sie geklaut, und jemand hat sie in meine Tasche gesteckt. So einfach ist das.

Und ich habe den starken Verdacht, dass dieser Jemand ein Alphamännchen ist.

MEIN ERSTER TANZ

»Ist es gut gegangen?«, fragt Ine, als wir uns vor der Schule treffen.

Ich nicke. Eigentlich wollte ich ihr alles erzählen. Aber ich habe Angst, dass sie dann lacht. Und ich habe Angst, dass sie Kevin noch viel cooler findet, weil er solche Ideen hat. Also sage ich nur: »Ganz nach Plan«, und schaue in eine andere Richtung. Es ist sehr schwer, Ine anzulügen.

Zum Glück ist Ine jetzt nicht so sehr mit Kontaktanzeigen beschäftigt.

»Weißt du noch, dass ich beim Zahnarzt war?«, fragt sie. Und senkt die Stimme. »Das hab ich im Wartezimmer aus einer Zeitschrift gerissen.« Dann schaut sie sich um und zieht eine zerknüllte Zeitschriftenseite aus der Tasche.

Gute Tipps, um Ihre Beziehung am Leben zu erhalten, steht dort.

Ine stopft den Zettel wieder in die Tasche.

»Hinter dem Schuppen«, sagt sie. »In der großen Pause.«

Es kommt meistens so, wie Ine das sagt.

»Ich kapiere bloß nicht, warum deine Cousine so unendlich viel Hilfe braucht«, seufze ich. Denn Ine sollte nur wissen, wie MEIN Tag verlaufen ist. Wer hier sofort Hilfe braucht, das bin ich, und nicht Ines verwöhnte Cousine. »Ich meine, ich kenne sie doch überhaupt nicht.«

Ine öffnet eine Dose voll Gemüse. »Ich hab doch gesagt, dass meine Cousine sich mit Liebe nicht so gut auskennt«, sagt sie und wickelt eine Möhre aus der Plastikfolie. »Und außerdem hat sie bisher ... in Amerika gelebt.«

Ich zucke mit den Schultern. »Trotzdem finde ich, sie könnte langsam mal ein bisschen selbstständig werden«, sage ich.

Ine schweigt sehr lange, dann sieht sie mich an. »Haben wir eine Verabredung oder haben wir keine?«

Dann streicht sie die zerknüllte Zeitschriftenseite glatt und liest vor: »Legen Sie ganz heimlich einen Zettel zu den Broten, die Ihr Liebster oder Ihre Liebste mit zur Arbeit nimmt, und schreiben Sie: Freu dich auf heute Abend.«

Ich sehe sie skeptisch an. »Freu dich auf heute Abend?«

»Du weißt doch ...«, sagt Ine.

»Schon«, sage ich. »Aber wie soll deine Cousine das schaffen?«

»Sie kann doch einfach einen Zettel zwischen die Brote für ihre Eltern schieben«, sagt Ine leichthin.

Ich bin noch immer skeptisch. »Aber was, wenn die sich gar nicht freuen?«

»Einen Versuch ist es jedenfalls wert«, erklärt Ine.

»Wir haben eine Discokugel gekauft!« Die Schule ist zu Ende und Ole wartet bei den Fahrradständern auf mich. Er lächelt zufrieden und steckt »Unsere essbaren Ständerpilze« in seine Schultasche.

Ich seufze leise. Und merke, dass ich mich nach dem langweiligen Alltag sehne. Denn gerade jetzt habe ich das Gefühl, einfach von einem seltsamen Geschehnis zum nächsten zu springen. Heute ist da keine Ausnahme. Denn jetzt muss ich nach Hause und tanzen. Mit Ole.

»Und wir spielen Pflicht oder Wahrheit!« Ole sieht mich begeistert an und erwartet offenbar Jubel. Ich jubele nicht ganz so heftig.

»Pflicht oder Wahrheit?«, frage ich. »Wer hat das beschlossen?«

»Vilde und Sara«, sagt Ole.

Hätte ich mir ja denken können.

Als ich mein Fahrrad aufschließe, kommt Kevin vorbei. Er stupst mich wie zufällig mit seiner ganz schön coolen Schultasche an. »Na, Speedo – guten Tag gehabt?«, fragt er. Ich bin nicht in der Stimmung zum Antworten. Außerdem heiße ich ja nicht so. Aber Kevin grinst nur und springt auf sein Rad. »Ich freu mich schon auf euren Vortrag«, sagt er.

Der Vortrag, ja. Das war wirklich das Letzte, woran ich jetzt erinnert werden wollte. Wütend schaue ich Kevin hinterher. Und ich hoffe, dass er noch immer Klopapier in der Tasche hat.

Offenbar erinnern sich viele an ihren ersten Tanz.

Ich hoffe eigentlich nicht, dass das auch mir passieren wird. Ole ist zwar eine Art Freund und ich brauche alles Training, das ich bekommen kann. Aber wenn ich mich irgendwann an einen Tanz erinnern möchte, dann ist dieser hier jedenfalls nicht meine erste Wahl: Ole und ich, in meiner Wohnung, wo wir zwischen Fernseher und Wohnzimmertisch herumtrampeln.

Erstens hat Ole soeben ein Butterbrot mit Makrele in Tomate gegessen. Er hat es ganz verzehrt, bis auf einen Rest Tomate in seinem Mundwinkel.

Und zweitens hat er nur gelernt, wie Männer zu tanzen haben. Das bedeutet, dass ich die Dame sein muss. Und ich hoffe wirklich nicht, dass ich auf Oles Fest als Dame auftreten muss.

»Du musst mir die Hand auf die Schulter legen«, sagt Ole und haucht mir Makrele ins Gesicht.

Ich weiß nicht so recht. »Eigentlich sind mir die Füße wichtiger«, sage ich. »Wo die hinsollen und so.«

»Trotzdem«, sagt Ole und hebt meine Hand an die richtige Stelle.

Es kommt mir ganz schön bescheuert vor. Bis er mir den Arm um die Taille legt. Das kommt mir noch bescheuerter vor.

»Wenn man will, kann man auch die Wangen aneinanderlegen«, erklärt Ole.

»Ich glaube, das brauchen wir nicht zu üben«, sage ich.

»Nein«, sagt Ole. »Mit einem Mädchen macht es sicher noch mehr Spaß.«

»Ja«, sage ich. »Das ist wohl so.«

Wir trampeln vorbei am Fernseher und steuern die Kommode an.

»Papa sagt, man muss nett zu den Damen sein«, sagt Ole.

»Okay«, sage ich.

»Denn Mädchen mögen nette Jungs am liebsten, sagt Papa.«

Hm, denke ich. Ich weiß ja nicht, ob Oles Papa da auf dem neuesten Stand ist. Denn stimmt das überhaupt? Oder mögen sie gemeine Alphamännchen vielleicht noch ein bisschen lieber?

»Glaubst du, irgendwer könnte sich in mich verlieben?«,

frage ich plötzlich. Denn meistens bin ich doch ziemlich nett. Glaube ich.

»Nein«, sagt Ole. »Ich jedenfalls nicht.«

Ich bleibe stehen. »Ich will ja auch gar nicht, dass DU dich in mich verliebst«, sage ich.

»Ich auch nicht«, sagt Ole.

»Aber andere?«, frage ich.

»Wer denn?« Ole liegen abstrakte Themen nicht so ganz.

Ich zucke mit den Schultern. »Irgendwer eben.«

Ole überlegt. »Nein«, sagt er.

Ich seufze und lege ihm wieder die Hand auf die Schulter. Und denke, dass ich so oder so enden werde wie der Mond: Single und außen vor. So ein sich drehender Kerl, der nur Eigenbrötler anzieht. Astronauten und Werwölfe und so was.

»Nicht irgendwer«, sagt Ole nach einer Weile, während er mich fast in die Stehlampe vor dem Fenster schwenkt. »Nur Ine.«

SONJA AUS SOLVIKEN

Freude ist ein kurzes Vergnügen. Am nächsten Tag unterhält sich Ine fast die ganze erste Pause hindurch mit Kevin, und sie lacht mehrmals. Herr und Frau Perfekt. Da muss man doch einfach sauer werden. Und außerdem ist sie zur Schule gefahren worden. Ich wette, dass Kevin mitfahren durfte.

Als es zur Stunde läutet, gehe ich an ihnen vorbei, ohne zu grüßen. Dennoch kommt Ine hinter mir hergerannt.

»Irgendwas gehört?«, fragt sie eifrig.

»Jepp«, sage ich kurz.

»Raus damit«, sagt Ine und da sie Kevin seinem Schicksal überlassen hat, warte ich auf sie.

Dann ziehe ich mein Telefon hervor und lese ihr die Nachricht vor, die gestern Abend gekommen ist, als ich gerade schlafen gegangen war. Und die so lautet: »Hallo, ich bin eine Frau von 38 und würde dich gern kennenlernen. Ich mag Musik, Film und Wandern. Hoffe, du meldest dich. Gruß Sonja aus Solviken.«

»Sonja aus Solviken.« Ine kostet jede Silbe aus. »Klingt gut«, sagt sie dann. »Noch andere?«

Ich schüttele den Kopf. »Wir müssen denen wohl etwas mehr Zeit lassen«, sage ich mit leichtem Vorwurf. Denn mir graust richtig davor, was Papa sagen wird, wenn er noch eine unerwünschte Überraschung erlebt.

Ine überlegt. »Ein bisschen noch«, sagt sie. »Aber nicht viel. Ulla ist effektiv.«

Fast unmittelbar vor Schulschluss läuft wieder eine SMS ein. Von Beate, die sich für Astrologie und indische Küche interessiert.

Und um kurz vor vier kommen hintereinander drei Mitteilungen, von Siv, Einrichtungsberaterin, Siri, Fitnesstrainerin, und Gro, die einen Hund hat.

Um sieben mache ich eine Liste. Mit Namen und Telefonnummern.

Ich hatte ja keine Ahnung, dass Vierzigjährige so beliebt sind.

»Acht Frauen?«, fragt Ine am nächsten Morgen. »Das reicht.«

Wir haben in der ersten Stunde »selbstständige Arbeit« in der Schulbücherei, und wir haben uns hinter das Regal mit der religiösen Literatur gesetzt. Dort ist zum Glück nie viel los.

»Sicher, dass wir nicht noch ein bisschen warten sollten?«, frage ich jämmerlich.

»Bombensicher«, flüstert Ine. »Zeig mal, was die über sich schreiben.«

Und obwohl wir während der Stunden keine Handys benutzen dürfen, fische ich meins heraus und zeige es Ine. Sie macht sich eifrig hinten auf dem Mathebuch Notizen. Über Gro und Siri und Sonja aus Solviken.

»Ich glaube, wir sollten die Einrichtungsberaterin vielleicht streichen«, sagt sie.

»Einrichtungsberaterin«, sage ich. »Was ist das überhaupt?«

»So eine, die anderen Leuten die Wohnung aufstylt«, sagt Ine. »Du weißt schon, Zierkissen und Duftkerzen …«

Ich bin ganz ihrer Meinung. Ich habe jetzt Duftkerzen genug für mein ganzes Leben gehabt. Und Papa bestimmt auch.

»Und was ist mit der persönlichen Fitnesstrainerin?«, fragt jetzt Ine.

»Wie persönlich ist die denn?«, frage ich.

»Das ist so eine, die über dir steht und schreit, wenn du Sit-ups machst«, sagt Ine. »So persönlich.«

Ich sehe Papa vor mir. Oder genauer gesagt, ich sehe ihn überhaupt nicht vor mir. Ich habe Papa in meinem ganzen Leben noch nicht bei Sit-ups gesehen. Und Papa ist auch kein Typ, der größere Lust kriegt, etwas zu tun, wenn ihn dabei jemand anbrüllt.

»Die streichen wir auch«, sage ich.

Ine zieht einen langen Strich. »Und die Astrologin?«, fragt sie. »Die haben doch eine Menge Gemeinsamkeiten.«

»Astrologen glauben an Sternzeichen«, sage ich. »An Löwen und Jungfrauen und so was. Papa tut das nicht. Er mag am liebsten Planeten. Und vielleicht Monde.«

Eigentlich ist es ein bisschen schade, Beate zu streichen, denn ich esse sehr gern indisch. Aber was sein muss, muss sein.

Wir landen bei Sonja aus Solviken. Und schließlich, wer zuerst kommt, mahlt zuerst.

»Sag mal die Handynummer von deinem Vater«, sagt Ine.

Ich antworte wie aus der Pistole geschossen. Papas Nummer weiß ich auswendig. Und es klingt, als sei sie gerade mit etwas fertig, mit dem sie ungeheuer zufrieden ist.

Ich sehe sie fragend an. Erst jetzt geht mir auf, dass sie auf meinem Telefon eine SMS schreibt.

»Sonja ruft deinen Vater heute Abend um neun an«, sagt Ine mit zufriedenem Lächeln. »Das hab ich ihr gerade gesagt.«

KOMM UNS RETTEN, SONJA

Der Stein in meinem Bauch ist zu neuen Höhen oder Breiten herangewachsen oder wie man das nun nennen soll. Ich warte darauf, dass Papa von der Arbeit kommt, und ich war schon dreimal auf dem Klo.

Es ist ganz klar, dass ich nicht für Stress geschaffen bin.

Das Problem ist ja eigentlich dieses: Papa begreift nicht, was Ine und ich begriffen haben. Dass nur eine neue Frau ihn vor Ulla retten kann. Zum Beispiel Sonja aus Solviken.

Und er begreift auch nicht, dass er gerade gerückt werden muss. Damit ich Sinnstifter werden kann.

Eigentlich begreift Papa ganz schön viel nicht. Aber er versteht sicher, dass das hier eine neue Überraschung ist. Die ihm ganz sicher nicht gefallen wird.

Um halb fünf kommt Papa mit zwei Einkaufstüten nach Hause.

»Du, Papa«, sage ich, während er ein Graubrot aus der einen Tüte zieht. »Würdest du gern jemanden aus Solviken kennenlernen?«

»Solviken?«, fragt Papa und schneidet Brot.

»Zum Beispiel«, sage ich.

»Na ja … ist mir eigentlich ziemlich egal, woher jemand kommt«, sagt Papa.

»… wenn es nur nette Leute sind?«, füge ich hinzu.

»So ungefähr«, sagt Papa und schmiert sich Kaviar auf die Schnitte.

Ich warte ein bisschen. »Wenn du also eine Freundin hättest …«, fange ich an.

»Anton«, sagt Papa. »Damit sind wir doch fertig, oder?«

Nein, denke ich. Wenn du wüsstest, wie wenig fertig wir damit sind. Aber mir fällt jetzt nicht mehr ein, was ich sagen könnte. Papa lässt mich nicht so richtig ausreden. Stattdessen schmiere ich mir auch ein Brot. Mit Käse. Obwohl ich eigentlich überhaupt keinen Hunger habe.

»Wie geht es denn bei der Arbeit?«, frage ich nach einer Weile. Und mit einem Hintergedanken. Denn wenn Papa zum Beispiel sagt, dass es nicht so gut geht, kann ich doch erwähnen, dass es vielleicht doch nett wäre, eine Freundin zu haben. Mit der er sich trösten könnte. Eine aus Solviken, zum Beispiel.

Es läuft nicht nach Plan. Papa erzählt glücklich über Hüttentoiletten in verschiedenen Größen.

»Den Leuten ist es besonders wichtig, dass die nicht riechen«, sagt er und macht es sich auf dem Sofa gemütlich. »Und dafür muss man Nass und Trocken trennen. Das ist das Geheimnis.«

So redet Papa ganz locker beim Essen. Ich habe also wohl doch nicht alle seine Gene geerbt.

»Außerdem irren sich viele bei der Sache mit der Freizeitbenutzung.«

»Freizeitbenutzung?« Ich möchte gerne wissen, wie ich dieses Gespräch wieder auf die richtige Schiene bringen soll.

»Freizeitbenutzung«, erklärt Papa, »ist, wenn man das Klo nur zweimal pro Jahr benutzt. Dann reicht ein kleines. Aber es wird sehr schnell voll.«

Ich lege mein Käsebrot weg.

»Und deshalb rate ich den meisten zu etwas eher Dauerhaftem. Vor allem, wenn mehr als zwei Personen die Hütte benutzen.«

Ich nicke. »Also ein großes Klo?«, frage ich, um einen interessierten Eindruck zu machen.

»Ja, wenn man nicht ins Gebüsch pissen will«, sagt Papa.

Hilfe, denke ich. Ich hoffe wirklich, dass er das Date nicht mit einem Gespräch über seine Arbeit beginnt. Denn das geht nie und nimmer gut.

»Aber ich müsste den Verkauf ankurbeln«, sagt Papa. »Und deshalb habe ich es gerade mit einer neuen Anzeige in der Zeitung versucht. Einer etwas peppigeren.«

Eine peppige Anzeige für Hüttentoiletten? Ich möchte ja wissen, wie die aussieht.

»Und jedenfalls verkauft sich Dovre-Nils am besten«, sagt Papa jetzt.

Und nun merke ich, dass aus mir irgendwie die Luft raus ist. Dovre-Nils. Was für ein Name für ein Klo.

Ich beschließe, noch etwas zu warten, bis ich Papa von Sonja erzähle. Zum Glück ist es noch lange bis neun Uhr.

Aber Warten wird noch immer überschätzt. Ganz klar. Denn wer winkt uns plötzlich durch das Wohnzimmerfenster zu, wer hat uns schon entdeckt und macht es uns unmöglich, uns unter dem Sofa zu verstecken und so zu tun, als wären wir nicht zu Hause?

»Ho, ho«, lacht Ulla, als Papa die Tür aufmacht. Als ob sie der Weihnachtsmann wäre oder so was.

»Ich habe eine kleine Überraschung für dich«, höre ich sie sagen.

Nein, nein, nein, denke ich. ICH wollte Papa doch heute überraschen. Das hier ist total falsch.

»Äh ... ach ja?«, fragt Papa.

»Heute gibt es in der Kirche einen Themenabend«, sagt Ulla. »Ich glaube, das wird sehr interessant.«

»... Themenabend?«

»Für die Eltern von Jugendlichen«, sagt Ulla und nickt. »Und das Thema lautet ›Deine, meine und unsere Kinder‹.«

Papa erleidet einen Hustenanfall. »Ach«, sagt er dann. »Aber jetzt habe ich gerade Essen gemacht, und ... also ...«

»Essen?« Ulla schaut an ihm vorbei zum Tisch hinüber. »Das Butterbrot kann doch wohl warten.«

Papas Blick irrt ein wenig hin und her. »Aber ich hab ziemlichen Hunger ...«

»Dann iss doch auf«, sagt Ulla. »Ich kann auch warten.«

»Das ... das ist aber sicher ziemlich langweilig für dich«, sagt Papa, »denn ich merke, dass ich jetzt gerade ganz schön viele Brote brauche ...«

Nun lacht Ulla laut, dann bricht sie in die Küche ein, um ein großes Stück Butterbrotpapier zu holen.

»Ich schmier die Brote«, entscheidet sie. »Und du ziehst dir die Schuhe an. Aber beeil dich, in zehn Minuten geht's los.«

Ich stehe wie betäubt daneben und höre zu. Was hat sie da überhaupt gesagt? DEINE, MEINE UND UNSERE KINDER?

Plötzlich wünsche ich mir so sehr, dass Sonja anruft, jetzt, in diesem Augenblick. Und dass sie Papa durch und durch bezaubert. Sie kann ihm auch gern einen Heiratsantrag machen. Egal, was.

Und dann kommt mir ein niederschmetternder Gedanke: Was, wenn Sonja anruft, WÄHREND PAPA MIT ULLA BEIM THEMENABEND IST? Er hat ja noch keine Ahnung.

»Bist du um neun wieder da?«, frage ich mit jämmerlicher Stimme, während Ulla Papa aus der Tür zerrt.

»Werd's versuchen«, sagt Papa kleinlaut. Und dann gibt er sich sozusagen geschlagen.

EINE ANDERE ART TELEFONGESPRÄCH

Warten ist wirklich das Schlimmste, was es gibt. Ich bin jetzt ganz sicher. Denn es ist halb neun, und ich frage mich nur eins: Wie lange kann denn so ein Themenabend für die Eltern von Jugendlichen dauern?

Das frage ich mich auch noch um zwanzig vor neun. Und um Viertel vor.

Und dann ist es zehn vor neun. Und ich muss dringend aufs Klo. Aber was mach ich nur? Ich kann ja nicht riskieren, dass ich gerade kacke, wenn Papa zur Tür hereinkommt. Als Erstes muss ich ihn ja auf den Anruf vorbereiten, darauf, dass Sonja aus Solviken jeden Augenblick anrufen kann. Und vor allem hätte ich gern Zeit, um ihn in eine Art Stimmung zu bringen.

Es wird fünf vor neun, und ich kriege Schluckauf.

Sonja, denke ich. Bitte, sei so eine, die ein entspanntes Verhältnis zur Zeit hat. So eine, die ein bisschen wartet, bis sie anruft. Mindestens bis Viertel nach.

Um zwei vor neun ist mir klar, dass ich mit Stress überhaupt nicht umgehen kann. Ich kann zum Beispiel niemals Notfallmediziner werden, so einer, der im Affenzahn Leuten das Leben rettet, indem er kaltes Blut bewahrt und genau weiß, was er zu tun hat.

Nein. Ich muss einfach aufs Klo. Die Konsequenzen wären zu weitreichend.

Und dann, dann kommt natürlich Papa. Ich höre, wie er hinter der Tür die Schuhe abstreift.

»Papa«, sage ich mit Schluckauf auf dem Klo, als er draußen vorübergeht. Aber er hört nicht. Fast wäre ich mit heruntergelassener Hose hinausgestürzt. Stattdessen wische ich mir wie besessen den Hintern ab.

»Papa!«, rufe ich, während ich höre, wie er in der Küche Wasser ins Spülbecken laufen lässt.

»Papa!«, brülle ich, als gerade sein Handy losklingelt.

Und dann ist es zu spät.

Papa fackelt nicht lange. Ganz lässig legt er berufliche Anrufe auf den Lautsprecher um, damit er bei der Arbeit den Abwasch und solche Dinge erledigen kann. So macht er es auch heute.

Als ich vom Klo komme, hat Papa beide Hände im Spülwasser, und ich höre ihn mit Arbeitsstimme fragen:

»Ja, womit kann ich Ihnen behilflich sein?«

Bitte, bete ich in Gedanken, bitte, sei ein ganz normaler Klokunde, der einfach nur ein Trockenklo oder einen Dovre-Nils aus gebeizter Birke will.

»Haha – nein, also, ich hab die Anzeige gesehen und …«

Mein Herz schlägt sofort in Höchsttempo um. »Anzeige« kann nur eins bedeuten. Dass Sonja aus Solviken anruft.

»Ja, die war ganz schön peppig, was?«, fragt Papa freundlich.

In diesem Moment geht es mir auf: Anzeige kann nicht nur eins bedeuten. In diesem Moment bedeutet es jedenfalls noch etwas Zweites. Zwei Dinge, die sich voneinander unterscheiden wie Feuer und Wasser sogar. Denn was hat Papa mir noch erzählt, was hat er gerade in die Zeitung gesetzt? Eine ziemlich peppige Werbung – für Hüttenklos.

Mein Papa glaubt, dass sich Sonja aus Solviken eine Hüttentoilette wünscht.

Und Sonja aus Solviken glaubt, dass sich mein Papa eine sympathische Frau wünscht.

Also, wenn sie es wirklich ist. Denn die Frau am anderen Ende der Leitung kann ja immer noch eine normale Kundin sein, die die Zeitung gelesen hat. Bitte, denke ich, frag nach einem sechs Meter langen Urinablaufschlauch!

Es gibt einige Branchen auf der Welt, in denen man ein bisschen um den heißen Brei herumredet. Das machen zum Beispiel Leute, die in Bestattungsunternehmen arbeiten. Sie sagen zum Beispiel nicht »Leiche«, wenn jemand gestorben ist. Das weiß ich, weil im vorigen Jahr meine Großtante Ruth gestorben ist.

Und so ist es auch in der Toilettenbranche. Papa fragt zum Beispiel nie: »Wie viel pissen Sie und Ihr Mann denn pro Woche?«, oder: »Ist Ihr altes Klo voll?«

Nicht doch. Er setzt das Gespräch mit etwas so Vagem und Unklarem fort wie:

»Sie sind also auf der Suche nach … einem einfacheren Leben?«

Die Frau lacht ein wenig angespannt. »Einfacher? He, so kann man das wohl auch nennen …« Und sie klingt so verwirrt, dass ich ganz sicher werde. Es ist Sonja. Aus Solviken. Die uns doch retten soll.

Papa klappert im Spülbecken mit den Kochtöpfen und bekommt von der keimenden Romanze rein gar nichts mit. »Trifft denn irgendwas Ihren Geschmack?«, fragt er.

»Meinen Geschmack?« Sonja lacht wieder, auf dieselbe Weise wie eben. »Ha-ha, ja, vielleicht«, sagt sie, »aber das ist ja schwer zu sagen, wenn man sich noch nicht näher kennengelernt hat.«

Ich weiß genau, was Papa jetzt denkt. Die Frau hat Stil, denkt er. Das ist so eine, die sagt, sie muss sich die Nase pudern, wenn sie eigentlich aufs Klo muss.

Also redet er überaus taktvoll weiter. »Näher kennengelernt, ja ... übrigens, haben Sie einen großen ... äh ... Bekanntenkreis?«

Wie viele werden in Ihr Klo kacken und wie oft. Das meint Papa. Aber Sonja kapiert das natürlich nicht.

»Großen Bekanntenkreis?«, fragt sie zögernd. »Wie meinen Sie das?«

»Kapazität«, sagt Papa. »Ich will Ihnen doch das Beste anbieten.«

»Äh ... ja, danke«, sagt Sonja verwirrt.

»Also, was sind Ihre Bedürfnisse?«

Sonja lacht ein bisschen nervös. »Na ja, also ... meine Bedürfnisse, ich ...« Wenn sie jetzt gesagt hätte, »ich brauche einen zuverlässigen und lieben Freund« oder »Wanderungen durch Wald und Feld«, dann wären sie vielleicht auf die richtige Schiene gekommen. Aber sie lässt den Satz in der Luft hängen, dumm, wie sie ist.

»Ich gehe doch davon aus, dass Sie von Freizeitgebrauch sprechen?«, sagt Papa.

Ich verkrieche mich langsam hinter einem Sofakissen.

»Freizeitgebrauch?«, fragt Sonja ziemlich pikiert. Und es klingt nicht so, als ob sie nur in der Freizeit gebraucht werden möchte.

»Ja«, sagt Papa, »denn wenn wir von einer dauerhaften Lösung sprechen, wenn Sie also mehr sind als zwei, dann ...«

Wenn man sein Hüttenklo das ganze Jahr hindurch und jeden Tag benutzen will, reicht es nur für zwei Personen. So ist das gemeint.

Aber Sonja denkt sicher nicht an Klos. »Ich hatte eigentlich nur an zwei gedacht ...«, sagt sie kleinlaut.

Papa schlägt zu. »Man kann doch nie wissen, manche sind eben geselliger als andere ...«

Und tragischerweise sagt er dann noch: »Und dann ist da noch die Sache mit dem Geruch ...«

»Geruch?«

»Ich meine: Hätten Sie es gern geruchlos?« Papa hat es nun satt, um den heißen Brei herumzureden.

»Geruchlos? Na ja ...« Sonja scheint hier nicht mehr mitzukommen.

»Der Trick ist, Nass und Trocken zu trennen.«

Dann schweigen sie erst mal. Ich höre Sonja am anderen Ende der Leitung atmen.

»Das ist ja nicht normal«, sagt sie.

»Nein, das ist etwas ganz Neues«, sagt Papa voller Begeisterung. »Ich hatte schon umwerfend viel Kundschaft.«

Ich vergrabe mich noch tiefer unter den Kissen, während ich versuche, nicht daran zu denken, welche Art Kundschaft Sonja jetzt wohl bei Papa vermutet.

»Ach«, sagt sie verstimmt. »Na, ich habe KEIN Interesse.«

Aber Papa gibt sich nicht geschlagen, das muss ich ihm lassen. »Und was ist mit Dovre-Nils?«

Wieder wird geatmet. Ehe Sonja sagt, ganz langsam: »Was für ein Nils?«

»Der Beste«, sagt Papa inbrünstig. »Sieht richtig fesch aus, sechs Meter langer Urinablaufschlauch.«

Aber nun hat Sonja aus Solviken genug. »Wer um alles in der Welt ist das denn?«, heult sie.

Mehr höre ich nicht. Ich gleite langsam vom Sofa und schleiche aus der Tür und die Treppe zum ersten Stock hoch. Feige, wie ich bin.

FLEMING

»Haben Sie schon mal einen Fehler gemacht?«

Ich sitze auf Signe Salvesens Sofa, esse Butterkekse und denke an Papa. Der vielleicht noch immer telefoniert.

»Jede Menge«, sagt Signe Salvesen und nickt. »Gute und schlechte.«

»Ha«, sage ich. »Gute Fehler gibt's doch bestimmt nicht.«

Signe sieht mich lange an. »Aber sicher doch«, sagt sie und schenkt wieder Saft ein. »Hast du noch nie von Fleming gehört?«

Nein. Das habe ich offenbar nicht. Bestimmt ist das ein alter Mann, den Signe vom Kirchenkaffee kennt, oder so. Ich schüttele den Kopf.

»Fleming hat über Bakterien und so was geforscht«, erklärt Signe. »Und einmal hatte er einige Bakterien vergessen, die er in einer Schale gezüchtet hatte. Er hat sie so lange vergessen, dass schließlich Pilze darauf wuchsen.«

»Igitt«, sage ich.

Signe schüttelt den Kopf und einen Zeigefinger. »Und weißt du, was das für Pilze waren?«

Nein. Ole interessiert sich für Pilze. Nicht ich.

Signe lächelt einige Sekunden lang vielsagend. »Penizillin«, sagt sie dann. »Die Medizin, weißt du. Die hat die Bakterien in der Schüssel plattgemacht. Und Simsalabim: Fleming hatte einen Pilz gefunden, der Bakterien tötet. Alles durch einen Fehler.« Signe nickt mir zu. »Hast du irgendeine Ahnung, wie viele Menschenleben er gerettet hat?«

Ich nicke langsam. Ja, gut. Fleming war vergesslich. Schön für uns alle. Aber ich rette ja nicht gerade Menschenleben, wenn ich für Papa Chaos anrichte.

»Und ich bin zu spät gekommen«, sagt Signe und nimmt sich einen Keks.

»Wozu denn?«, frage ich.

»Zu meiner Hochzeit«, sagt Signe. »Das Beste, was mir je passiert ist.«

»Das Beste?« Ich glotze.

Signe Salvesen isst ihren Keks und schüttelt den Kopf. »Mann und Kind sind nichts für mich«, sagt sie, »viel zu viel Hin und Her. Bücher sind viel pflegeleichter. Und Kreuzworträtsel.«

Ich schaue an Signe Salvesens Bücherregal hoch. Da stehen Ibsen und Vesaas und die Guinnessbücher der Rekorde. Ordentlich in Reih und Glied. Und plötzlich kann ich fast verstehen, was Signe meint.

Jedenfalls das mit Mann und Kindern. Wir haben in unserer Wohnung unten ja beides, also weiß ich, wovon ich rede.

Aber es ist schon komisch, das alles. Mir hat Signe Salvesen doch immer leidgetan, weil sie keinen Mann hat.

»Es gibt solche und solche Fehler«, sagt Signe. »Merk dir das.«

Ich nicke. »Aber was machen Sie mit den schlechten Fehlern?«, frage ich, ehe ich gehe. Denn die sind für mich jetzt doch gerade aktuell.

»Die vergesse ich«, sagt Signe.

Die hat gut reden. Sie ist sicher so alt, dass sie bald senil wird.

Papa trocknet Geschirr ab, als ich wieder nach unten komme. »Ich hab mich zu einem Kurs angemeldet«, sagt er.

Ich muss schon sagen, dass ich erleichtert aufatme, als ich das höre. Denn wenn Papa begriffen hätte, dass die hysterische Frau, mit der er eben gesprochen hat, wegen einer Kontaktanzeige angerufen hatte, dann würde er sicher etwas ganz anderes sagen.

»Verkaufskurs«, sagt er und hängt den Spüllappen über den Wasserhahn. »Ich glaube, das kann ich brauchen. Hab irgendwie das Gefühl, dass mir die Kommunikation nicht so ganz gelingt.«

Ich nicke. Und ich verstehe. Papa hatte wohl das Gefühl, dass er vorhin beim Telefonieren seine Botschaft nicht richtig vermitteln konnte.

Das Gefühl hatte Sonja aus Solviken sicher auch. Und es ist wohl nicht so schwer, ihre Reaktion zu verstehen. Denn wenn man sich einen Freund wünscht und ein Trockenklo angeboten bekommt, kann man doch leicht sauer werden.

Ich seufze ein bisschen. Wenn ich ein starkes Alphamännchen wäre, würde ich einfach die Wahrheit sagen. In diesem Augenblick. Dass Sonja aus Solviken doch gar kein Hüttenklo wollte. Sondern einen Mann. Und dass alles meine Schuld ist, weil ich im Laden eine Anzeige ausgehängt habe. Weil ich eine

Frau brauche, die Ulla verscheucht. Weil ich leider Ulla ins Haus geholt habe.

Aber ich bin kein Alphamännchen. Ich bin ein kleiner Unfall mit großen Ohren. Der bald auf dieser Welt nur noch eins schafft: sich immer neuen Ärger an den Hals zu holen. Ine sollte später jedenfalls keine Psychologin werden.

Ehe ich schlafen gehe, rufe ich sie an und erzähle von dem Anruf, bei dem alles schiefging. Und Ine lacht zu lange. Das ist nicht gerade professionell, finde ich.

»Du bist zu feige«, sagt sie. »Wenn du ihm einfach über Sonja erzählt hättest, ehe sie angerufen hat, wäre alles gut gegangen.«

Als wir aufgelegt haben, denke ich, dass es wirklich gut ist, dass ich nicht in Ine verliebt bin, so, wie sie sich verhält. Feige, also echt. Ich habe schließlich Ulla belogen und im Laden Kontaktanzeigen aufgehängt. Das ist ganz schön mutig. Für meine Verhältnisse jedenfalls.

Und obwohl Ine so eine ist, die alles wagt, braucht sie ja wohl nicht über Menschen in Not zu lachen.

Ich setze mich auf die Bettkante und füge noch eine Kategorie zu meiner Liste über astronomisches Gleichgewicht hinzu. Sie heißt *Was ich gelernt habe*. Und ich schreibe:

Niemals einen Klobesuch aufschieben.
Man kann weltberühmt werden, weil man vergesslich ist.
(Fleming)

Aber als ich wieder über Monde und Risse im Gummi nachgedacht habe, schreibe ich doch noch dazu:

Es gibt solche Fehler und solche, also echt.
Ha, ha.

FREU DICH AUF HEUTE ABEND

Die ganze Woche schon war in unserer Klasse ein besonderes Summen zu vernehmen. Vor allem unter den Mädchen. Die drehen sich die ganze Zeit um und sehen irgendeinen Jungen an, dann stecken sie die Köpfe zusammen und kichern.

Ich glaube nicht, dass irgendwer mich angesehen hat. Abgesehen von Vilde, die sich umgedreht hat, um meinen Radiergummi auszuleihen. Aber das zählt wahrscheinlich nicht.

Heute zählen die coolsten Jungs. Denn es ist Freitag, es ist die letzte Stunde – und bald ist das Klassenfest bei Ole. So ist nämlich die Lage.

Ole hat in dieser Woche auch ziemlich viel geredet. Viel weniger über Pilze und viel mehr über Discokugeln. Das ist immerhin eine Abwechslung, auch wenn ich nicht so ganz weiß, was ich von diesem Fest halten soll. Ehrlich gesagt weiß ich auch nicht, was ich von der Tanzstunde mit Ole halten soll. Denn er hat mir Walzer beigebracht. Und ich habe das Gefühl, dass die Mädchen sich andere Tänze vorstellen.

Ich bin tief in Gedanken über einen Tanz versunken, der irgendwie eher wie eine Umarmung ist, als Ine plötzlich vor meinem Tisch steht. »Freu dich auf heute Abend«, flüstert sie ganz schnell.

Freu dich auf heute Abend? Ich blinzele ganz oft und merke, dass mein Gesicht warm wird. Wie meint sie das?

Aber Ine drückt mir einen Zettel in die Hand. »Schreib das einfach«, sagt sie dann ungeduldig. »Für meine Cousine.«

Dann gibt sie mir einen Kugelschreiber. Einen, der silbern schreibt.

Und jetzt begreife ich. Natürlich. Jetzt ist wieder Cousinenhilfe angesagt.

»Aber warum soll ICH das schreiben?«

»Weil du eine erwachsenere Handschrift hast«, sagt Ine. »Die Eltern sollen doch glauben, dass der Mann beziehungsweise die Frau das geschrieben hat. Und dann muss es erwachsen aussehen.«

»Na gut.« Meine Handschrift sieht wirklich nicht erwachsener aus als Ines, aber ich will mich jetzt nicht streiten. Wir haben doch sozusagen eine Abmachung. Also kann ich mit dem Silberstift gerade »Freu« schreiben, als Lars sich laut räuspert und Ine wieder an ihrem Tisch sitzt.

Ein Lehrer hat es sicher auch nicht immer leicht. Denn Lars seufzt und schaut sich in der Klasse um. »Ihr seid heute ja wirklich außer Rand und Band«, sagt er. Und dann beschließt er, dass alle etwas Schönes zeichnen sollen. Egal was, wenn wir nur still sind.

Zuerst schreibe ich den Zettel für Ine fertig und verstecke ihn unter meinem Matheheft. Dann zeichne ich Bäume hinter einem Zaun, ohne überhaupt darüber nachzudenken.

Aber als ich gerade die grünen Blätter ausmale, läutet es. Und da sehe ich es: Das Matheheft ist verschwunden. Lars hat die Hefte offenbar eingesammelt, während wir gezeichnet haben.

Ich suche schnell und verängstigt den Tisch ab. Denn wo ist der Zettel? Der, auf dem »Freu dich auf heute Abend« steht?

Oh nein, denke ich. Und dann: Nicht schon wieder! Denn auf dem Boden liegen nur Radiergummifitzel und Brotkrümel. Unter dem Stuhl auch. Und dann merke ich, wie in mir alles sozusagen erbleicht.

Was, wenn Lars den Zettel gefunden hat? Wo er doch Lehrer ist und überhaupt. Was glaubt er wohl, worauf er sich freuen soll?

Das nimmt wirklich einfach kein Ende. Ich muss Ines Vater schon für den Rest meines Lebens aus dem Weg gehen. Und Ulla besser auch. Aber bei dem eigenen Lehrer ist das noch viel schlimmer. Auch wenn von der siebten Klasse nur noch einige Wochen übrig sind.

Als ich gerade die Hände vors Gesicht schlagen will, denke ich plötzlich: Lars weiß doch nicht, dass ICH den Zettel geschrieben habe. Jedenfalls weiß er das nicht sicher. Er kann doch auch glauben, dass ich ihn bekommen habe. Auch wenn das nicht besonders wahrscheinlich wäre.

Dennoch bin ich von diesem Gedanken so beruhigt, dass ich noch einmal »Freu dich auf heute Abend« auf eine Seite schreibe, die ich aus meinem Englischvokabelheft reiße. Und diesen Zettel soll niemand außer Ine und ihrer Cousine in die Finger kriegen.

Emilie am Tisch vor mir dreht sich um und schaut mich an, als ich das Klassenzimmer verlasse. Sie lächelt ein bisschen seltsam, aber das liegt sicher daran, dass ich von der großen Pause noch einen Schnurrbart aus Milch habe.

»Du weißt doch noch, dass wir bei Ole auch übernachten?«, fragt Ine und steckt den Zettel, den ich ihr gegeben habe, in die Tasche.

»Klar doch«, sage ich.

Denn das haben wir schon oft gemacht. Seit wir acht waren oder so. Übernachtet, meine ich, bei Ole. Denn Ole hat so eine Familie, bei der man eben jederzeit übernachten kann. Am besten sogar zu mehreren.

Ich glaube, dass Ine das vielleicht immer am witzigsten findet, denn bei Ole darf sie Zucker essen und mindestens vier Stunden länger aufbleiben als zu Hause. Für mich ist der Unterschied nicht ganz so groß, aber witzig ist es trotzdem. Und gerade heute Abend ist es Papa nur recht, dass ich woanders übernachte. Er will nämlich zu diesem Verkaufskurs, zu dem er sich angemeldet hat. Und der geht bis zum späten Abend.

»Bis dann«, sagt Ine und schlendert zum Parkplatz vor der Schule.

»Bis dann«, sage ich und merke, dass ich mich vielleicht doch ein bisschen aufs Tanzen freue. Denn beste Freunde können doch miteinander tanzen? Ohne dass es irgendwie seltsam wirkt?

Zwei Dinge gibt es, die Papa mir hätte beibringen müssen. Tanzen ist das eine.

Rasierwasser das andere. Nicht weil ich etwas wegzurasieren hätte. Im Gegenteil. Aber gerade heute, als ich zu Hause aus der Dusche komme und noch immer an so einen Tanz denke, der eher wie eine lange Umarmung ist, muss ich plötzlich an Onkel Ernst im Altersheim denken. Er war Papas Onkel und roch aus der Ferne ganz normal. Aber wenn wir alle seine Cremehütchen aufgegessen hatten und nach Hause wollten, musste ich ihn umarmen. Und diese Umarmungen stanken immer. Jedes Mal.

Es kann ja daran gelegen haben, dass er sehr alt war und fast schon tot. Aber trotzdem, Umarmung bleibt Umarmung. Also kann es klug sein, die passenden Maßnahmen zu ergreifen.

Im Witzebuch aus der Schulbücherei stand übrigens etwas über einen Mann, der so klein war, dass seine Haare nach Käsefüßen stanken. Kevin hat mir diesen Witz ganz oft erzählt. Und obwohl es doch ein ganzes Stück von meinen Füßen bis zu meinen Haaren ist, hat er einen gewissen Eindruck hinterlassen.

Man ist also nie zu klein für Rasierwasser. Außerdem kann es doch nett sein, ein bisschen nach Mann zu riechen, auch wenn sonst gar nichts in diese Richtung weist.

In Papas Schrank im Badezimmer finde ich eine Flasche mit der Aufschrift Joop. Das wirkt verheißungsvoll, finde ich, und ich suche auf der Flasche nach einer Art Gebrauchsanweisung. Ohne Erfolg.

Also fange ich lieber ein bisschen vorsichtig an. Sieben, acht Spritzer unter jeden Arm, zwei unter jedes Ohr und drei in den Nacken. Denn das Schlimmste ist sicher, eine Überdosis zu spritzen, denke ich. Dann gehe ich auf den Flur hinaus und spritze viermal in jeden Schuh. Manchmal riechen meine Füße nämlich nicht so gut, wenn ich die Schuhe schon lange anhabe.

Als ich am Spiegel auf dem Gang vorbeikomme, denke ich zufrieden: So ist das, wenn man wie ein Mann riecht.

Und dann gehe ich wieder ins Badezimmer und es verschlägt mir fast den Atem.

Es hilft nichts, dass ich das Badezimmerfenster aufreiße und lüfte wie ein Besessener. Joop ist doch viel wirkungsvoller, als ich erwartet hatte. Intensiver auch. Und was so riecht, ist nicht das Badezimmer. Sondern ich.

Außerdem riecht es eigentlich auch nicht nach Mann. Es riecht nach alter Toilette.

Igitt. Und es ist schon so spät. Aber es ist doch sicher besser, ein bisschen zu spät zu Oles Fest zu kommen, als wie eine wandelnde Parfümflasche aufzukreuzen. Eine ohne Verschluss.

Deshalb springe ich wieder unter die Dusche. Und schrubbe mich sehr hart und sehr lange mit einem Waschlappen. Bis mein ganzer Hals knallrot ist. Und es kein heißes Wasser mehr gibt.

Ein seltenes Mal hat man dann doch Glück. Denn eigentlich würde ich jetzt eine Dreiviertelstunde zu spät zu Oles Fest kommen. Aber plötzlich steht Papa in der Tür und macht ein überraschtes Gesicht. Papa, der eigentlich bis zum späten Abend bei seinem Kurs sein sollte. Und der mich zu meinem Glück fahren kann.

Ein wenig peinlicher ist es, dass auch die Elektrikerin da steht, während ich halb angezogen auf dem Flur herumirre. Aber Papa erklärt, es sei höchste Zeit, den Sicherungskasten auszuwechseln. Wenn das so ist …

Eigentlich kommt die Elektrikerin mir anders vor als sonst. Ich glaube, ihre normale Arbeitskleidung ist in der Wäsche. Denn heute trägt sie eine schöne Bluse und hat Lippenstift aufgetragen. Ich kann mich nicht erinnern, dass sie das sonst auch hatte.

Jedenfalls sagt Papa, dass er keineswegs schon Feierabend hat. Er sei nur nach Hause gekommen, um sich für ein Essen umzuziehen, zu dem er gleich noch hinmuss. Also fände er es immer noch sehr schön, dass ich bei Ole übernachten kann. Sehr schön.

Ich glaube jedenfalls, dass er das sagt. Denn die Elektrikerin macht in unserem Sicherungskasten einen Höllenlärm, während er mit mir redet.

»Ist der Kurs gut?«, frage ich ihn im Auto.

»Ja, ich habe gelernt, wie man das Publikum EROBERT«, sagt Papa.

»Ach?«, frage ich.

»Im Sturm«, sagt Papa.

Aber dann redet er über etwas ganz anderes. »Übrigens, die Liste, die du mir ins Zimmer gelegt hast, die mit all den Telefonnummern, was ist das für eine?«

Ich erstarre. »Die Liste?«

»Ja«, sagt Papa, »mit Frauennamen und Telefonnummern.«

»Waren das acht?«, frage ich, vor allem, um Zeit zu gewinnen. Denn ich habe ja schon kapiert, welche Liste Papa gefunden hat. Die Liste mit den Frauen, die sich auf die Kontaktanzeige hin gemeldet haben.

Oh Schreck, oh Graus. Ich denke ganz schnell nach. Und

dann fällt mir ein, dass auf der Liste zum Glück nur Namen und Telefonnummern stehen. Nichts über Hunde oder Fitnesstrainerinnen.

Deshalb sage ich so leichthin, wie ich nur kann: »Ach, das sind nur welche, die sich für Hüttentoiletten interessieren.« Und füge hinzu: »Ich krieg doch dauernd solche Anrufe, die eigentlich für dich sind, weißt du.«

Hilfe. Was, wenn ich eines schönen Tages als Krimineller ende? Denn ich bin fast ein bisschen erschrocken darüber, wie gut ich lügen kann.

»So viele?«, fragt Papa überrascht. »Meine Güte. Das liegt sicher an meiner Anzeige.« Er lächelt zufrieden.

Ich merke zuerst, dass ich froh und erleichtert bin, aber danach meldet sich mein schlechtes Gewissen. Wieder. Denn Papas fetzige Reklame ist ja eigentlich nicht so wirkungsvoll, wie er glaubt. Aber bis auf weiteres ist die Gefahr offenbar gebannt. Und man sollte sich wohl über alles freuen, worüber man sich freuen kann.

Am Ende der Straße sehe ich Oles Haus. Mit Ballons am Gartentor. Und ich spüre so eine Art Piksen im Bauch.

»Was riecht hier eigentlich so?«, fragt Papa plötzlich.

»Joop«, sage ich. Denn ich habe ja viermal in jeden Schuh gespritzt. Und anders als ich waren die Schuhe nicht unter der Dusche. Das wird jetzt immer deutlicher.

»Ach«, sagt Papa und öffnet alle Fenster im Auto. »Dann wünsche ich dir viel Glück«, sagt er.

Und damit setzt er mich vor Oles Haus ab. »Und tu nichts, was ich nicht auch tun würde«, sagt er und grinst.

Kein Problem. Papa tut ja doch nie irgendwas.

PFLICHT ODER WAHRHEIT

Bei Ole braucht man nie zu klingeln. Genau wie zu Hause öffne ich die Tür und streife in der Diele die Schuhe ab. Aber dann bleibe ich stehen.

Und dann öffne ich die Haustür noch einmal und stelle die Schuhe nach draußen. Mit denen könnte man nämlich alles und jeden wegekeln.

»Anton, ich hab dir einen Platz frei gehalten!« Im Wohnzimmer bei Ole sitzen die Gäste schon am Tisch und eben war der Pizzabote da. Jetzt ist der ganze Tisch ein Wirrwarr aus Armen, die sich nach dem verlockendsten Pizzastück ausstrecken.

Ole sieht mich mit strahlendem Lächeln an und klopft auf den Stuhl neben sich. »Du kannst hier sitzen«, sagt er stolz.

Ich weiß schon, wie er sich das gedacht hat. Denn er will ja mit Emilie tanzen, und da ist es doch gut, dass ihre Tischkarte seiner gleich gegenübersteht. Und ich finde es schön, Ine gegenüberzusitzen. Denn es ist ja möglich, dass auch ich Lust zum Tanzen haben werde.

Es ist nicht ganz leicht zu erkennen, ob Ine das auch hat. Sie sieht besorgt aus, hat die Stirn in Falten gelegt und scheint nicht einmal bemerkt zu haben, dass ich gekommen bin. Aber sie hat sich schön gemacht, mit Ohrringen.

Ich habe mich gejoopt, denke ich. Und das war kein ganz so großer Erfolg. Ich schiebe die Füße so weit unter den Tisch, wie es nur geht.

Emilie hat sich übrigens auch schön gemacht. Sie hat sich sehr viel Blau auf die Augenlider gemalt und etwas Hellrosa auf die Lippen. Das ist ein bisschen schöner als ein Milchbart, aber nur ein bisschen. Aber es kann ja sein, dass Ole so was gefällt.

Nach fünf großen Pizzen, zwei Runden Stille Post und drei auf der Papierdecke vergossenen Colas bringt Oles Vater Kartoffelchips. Drei riesige Schüsseln. Er stellt eine vor uns, und dann legt er einen Arm um Oles Schulter und einen um meine.

»Geht's euch gut, Jungs?«, fragt er und lächelt.

Wir nicken beide, und dann zwinkert er uns zu und sagt: »Und jetzt wird auch bald getanzt.«

Oles Vater sieht so froh aus. Er liebt solche Feiern wirklich sehr. Und ich denke, dass Ole großes Glück mit seinem Vater hat. Aber dennoch: Auch so ein Vater kann Ole nicht zu dem Tanz verhelfen, von dem er träumt. Und ich weiß auch nicht so recht, was ich da tun kann.

In diesem Moment fällt mir auf, dass Emilie mich irgendwie besonders lange ansieht. Und sie scheint mir zuzuzwinkern. Nicht Ole, sondern MIR. Zweimal. Oder sogar dreimal.

Ich muss schon sagen, Emilie wird wirklich komisch. Ich hoffe, sie hat einfach nur einen Fussel im Auge.

Später, als Oles Eltern den Tisch abräumen, um alles für den Tanz bereit zu machen, bleiben wir sozusagen alle an den Wänden kleben. Seltsam wohlerzogen und ungewöhnlich still. Deshalb glaube ich, dass noch andere außer mir ziemlich viel an diesen Tanz gedacht haben.

Aber Vilde und Sara machen sich mit Abstand die meisten Gedanken. Sie stehen beim Sofa in der Ecke und spielen Schere, Stein, Papier. Und ich glaube nicht, dass sie gerade um mich kämpfen.

»Ich kapiere überhaupt nichts mehr.« Das ist Ine. Sie hat keine Lust mehr, Mauerblümchen zu spielen, und sie kommt mit resigniertem Gesicht zu uns herüber. Und jetzt, wo sie nicht mehr auf der anderen Seite des Tisches sitzt, sehe ich, dass sie ein Kleid trägt. Es ist immer ziemlich überraschend, Ine im Kleid zu sehen. Also werden meine Wangen schon wieder heiß.

»Ich darf doch nicht hier übernachten«, erklärt sie. Mit gerunzelter Stirn.

»Warum nicht?«, fragt Ole.

»Weiß nicht«, sagt Ine. »Papa hat nur gesagt, das sei VOLLKOMMEN AUSGESCHLOSSEN.«

»Merkwürdig«, sage ich.

Aber Sekunden später habe ich ziemlich viele Gedanken hintereinander gedacht. Und das VOLLKOMMEN AUSGESCHLOSSEN kommt mir gar nicht mehr so merkwürdig vor. Im Gegenteil: Ich kann Ines Vater fast verstehen.

Denn ich habe das unangenehme Gefühl, dass es hier um Kondome geht. Kondome, die auf dem Boden liegen, vor dem Schwarzen Brett im Supermarkt.

Ine seufzt. »Ich weiß wirklich nicht, was in ihn gefahren ist«, sagt sie. »Als ob ich mich vor der Dunkelheit fürchten und mitten in der Nacht zu Hause anrufen würde, oder so was.«

Jetzt müsste ich vielleicht erwähnen, dass es ihrem Vater wohl eher nicht um Angst im Dunkeln geht. Und ich müsste ihr von den Kondomen im Laden erzählen. Aber das werde ich nicht tun. Nie im Leben. Denn das würde irgendwie etwas verändern, für immer. Und danach würde es sehr schwer werden, Ine um einen Tanz zu bitten.

»Was riecht hier eigentlich so?«, fragt Ine.

Ich sehe auf meine Füße hinunter. Und mir geht auf, dass es keine große Hilfe ist, dass meine Schuhe draußen auf der Treppe stehen.

»Joop«, antworte ich.

»Joop?«, fragt Ine.

»Rasierwasser.« Ich seufze. »An den Socken.«

»Das ist aber ein bisschen ungewöhnlich«, sagt Ine.

Da kann ich ihr nur zustimmen. Obwohl parfümierte Socken ab und zu durchaus eine gute Idee sein könnten. Für Papa, zum Beispiel.

»Ich dachte, man sollte auf einem Fest eben gut riechen«, sage ich.

»Gute Idee«, sagt Ine. Und dann fächelt sie sich ein bisschen Luft zu.

»Du findest also nicht, dass es ein bisschen nach Mann riecht?«

»Ich finde, es riecht ein bisschen nach Plumpsklo«, sagt Ine.

Es ist wirklich gut, dass ich mich in Oles Haus auskenne wie in meiner Westentasche. Ich weiß zum Beispiel genau, wo er seine Socken aufbewahrt. Sie liegen aufgerollt in der untersten Kommodenschublade und riechen frisch gewaschen.

Ich hab es ja schon immer gesagt: Ole ist ein praktischer Freund. Er hat Socken und Zimtschnecken.

Und einen Spiegel, in dem man den ganzen Körper sehen kann, wenn man sich auf die Zehenspitzen stellt. Das tue ich zwei Minuten lang und atme. Ganz tief.

»Jetzt, Anton«, sage ich zu mir mit sauberen Socken, »jetzt bist du bereit. Für deinen ersten Tanz.«

Es kann nämlich ganz schön sein, sich ab und zu ein bisschen zu belügen.

Im Wohnzimmer wird jetzt schon getanzt. Sara hat offenbar bei Schere, Stein, Papier gewonnen, und jetzt schwingt sie sich fast feierlich mit Kevin durch den Raum. Der natürlich nicht nur Polonaise tanzen kann. Nein! Kevin kann alles. Er verlagert sein Gewicht ruhig von einer Seite auf die andere und hat dabei seine Wange an Saras geschmiegt. Wie James Bond oder so. Ohne Pistole.

Aber Ine ist noch immer ohne Partner. Meine beste Freundin, denke ich, und mein Gesicht wird heiß. Es ist schön, mit seiner besten Freundin zu tanzen. Und ich stelle mir vor, wie Ine mir die Hand auf die Schulter und ich ihr den Arm um die Taille legen werde. Die Wangen aneinandergeschmiegt, und mit sauberen Socken. Es ist irgendwie anders, als zusammen über das Brett zu gehen.

Aber der Eingang zum Wohnzimmer ist versperrt. Von Emilie.

»Na?«, fragt sie fast beleidigt. Die Hände in die Seiten gestemmt.

Ich blicke sie verständnislos an.

»Worauf sollte ich mich freuen?«

Ich glotze nur. Woher soll ich das wissen? Emilie kann sich von mir aus freuen, worauf sie will.

»Anton, ich weiß, dass du das warst.«

Dass ich das war? Ich begreife nicht, was Emilie meint. Dass ich Oles Socken ausgeliehen habe?

»Du hast Ines Silberstift ausgeliehen«, sagt sie. »Ich habe dich gesehen.«

Ines Silberstift. Langsam kapiere ich. Was aus dem Zettel unter meinem Matheheft geworden ist. Auf dem stand: »Freu dich auf heute Abend.«

Deshalb also hat Emilie mir zugezwinkert. Zwei-, möglicherweise sogar dreimal. Ich blicke hilflos zu Ole hinüber, der bei einer Stehlampe wartet. Und auf Ine, meine beste Freundin, die noch immer partnerlos am Kamin steht. Aber was hilft das? Ehe ich etwas erklären kann, packt mich Emilie und zieht mich auf die Tanzfläche.

Mit Ole zu tanzen, hat mir ehrlich gesagt besser gefallen. Und auch, wenn das mit Ole kein Tanz war, an den ich mich bis an mein Lebensende erinnern will, hoffe ich noch weniger, dass ich mich an diesen Tanz jetzt erinnern muss. Den Tanz mit Emilie, die mich herumschubst und über die Tanzfläche schleift wie einen Turnbeutel.

»Du bist wirklich ein Weichei«, sagt Emilie. »Dass du dich nicht getraut hast, das direkt zu sagen.«

»Was denn zu sagen?«, frage ich.

»Dass du mit mir tanzen willst. Mit mir zusammen sein.«

Ich muss plötzlich doll husten. »Zusammen sein?«, würge ich heraus.

Emilie lächelt mit ihren hellrosa Lippen, die nur ein bisschen besser sind als ein Milchbart. »Ich hab das schon kapiert«, sagt sie und zieht mich weiter über die Tanzfläche.

»Ach«, sage ich nur. Und ich brauche eine ganze Weile, um Ordnung in meinem Gehirn zu schaffen. Aber das ist wahrscheinlich ganz normal, wenn man plötzlich mit einer zusammen ist, mit der man gar nicht zusammen sein will.

»Aber solche Jungs, die dauernd vor dem Computer hocken, die mag ich nicht«, sagt Emilie. »Damit müsstest du dann aufhören.«

Ich schlucke. Mein Hals ist wie ausgedörrt.

»Wir können auch unseren Pausenproviant teilen«, sagt sie jetzt. »Jedenfalls, wenn du Rosinenbrötchen hast.«

Und da kommt mir plötzlich eine Idee. Eine ziemlich gute, finde ich. Also schwenke ich uns ziemlich zielstrebig, jedenfalls für einen Turnbeutel, hinüber zu Ole bei der Stehlampe. »Hier liegt wohl ein kleines Missverständnis vor«, sage ich zu Emilie. Und dann sage ich so laut, dass alle es hören: »Denn soll ich dir mal erzählen, worauf du dich freuen solltest? Auf OLE!«

Und dann nehme ich sozusagen Anlauf und schwenke Emilie in Oles Arme, wo sie mit einem überraschten kleinen Quaklaut landet.

Ole lächelt. Und er legt Emilie den Arm um die Taille, fast so elegant wie Kevin, und führt sie auf die Tanzfläche, während die Discokugel über ihnen rot und grün blinkt.

Emilie wirft mir zwar einen langen, sauren Blick zu. Aber auf einen besseren Tanz kann sie nun mal nicht hoffen, denke ich. Und irgendwo um mein Herz herum fühle ich mich ein bisschen warm.

Aber natürlich bedeutet das noch nicht, dass der Abend zu einem Erfolg wird. Nein. Wie üblich hängt die Unglückswolke fest und zuverlässig über meinem Kopf.

Denn als ich mich wieder auf dem Tanzboden umsehe, hat sich James Bond natürlich Ine gekrallt. Ine und ihre Wange. Die ganz dicht an seiner ist, die ganze Zeit, als sie sich im Takt der Musik hin und her wiegen. Von der Stehlampe bis hinüber zum Kamin.

Und dann merke ich plötzlich, dass mein Geleebauch wieder da ist. Und ich habe nicht vor, mich auf Oles Toilette zu erbrechen.

»Pflicht oder Wahrheit«, rufe ich. Ziemlich laut.

Und viele schauen mich überrascht an.

Sara und Vilde nehmen Pflicht. Wie erwartet.

»Du musst Kevin küssen«, sagt Vilde zu Sara.

Und damit sind wir mittendrin. Erstaunlicherweise hab ich mich auf Pflicht oder Wahrheit fast gefreut. Außerdem ist jetzt alles besser, als Kevin Wange an Wange mit Ine zu sehen. Absolut alles.

Und um ganz ehrlich zu sein, habe ich bei diesem Spiel nicht viel zu befürchten. Viele Küsse wird es für mich bestimmt nicht geben.

Aber sicher haben hier viele große Erwartungen. Hanna ist jedenfalls sehr enttäuscht, als sie das essen muss, was ganz oben in Oles Kühlschrank liegt.

Anfangs ist es ziemlich spannend, zuzusehen, wie sie sich eine grüne Paprika einverleibt, aber sie braucht so lange, dass wir beschließen weiterzuspielen, noch ehe sie fertig ist.

Simon entscheidet sich als Erster für Wahrheit. Da alle wissen, dass er meistens lügt, hat er ja eigentlich nichts zu verlieren.

»Wer ist das hübscheste Mädchen in der Klasse?«, ruft Hanna.

»Emilie«, antwortet Simon und alle begreifen, dass das ein Witz sein sollte.

»Wann bin ich denn an der Reihe?«, fragt Ole. Er ist eigentlich keiner, dem so viele Fragen gestellt werden, aber da das Fest bei ihm zu Hause stattfindet, ist es fast wie ein Geburtstag. Und auf das Geburtstagskind muss man doch Rücksicht nehmen.

»Welcher ist dein Lieblingspilz?«, fragt Simon. Denn alle wissen, dass Ole auf Pilze steht.

Ole lächelt. »Der Edelreizker«, sagt er. »Der schmeckt sehr gut.«

Und jetzt darf Ole fragen. »Pflicht oder Wahrheit?«, ruft er und sieht natürlich mich an. Ich nehme Wahrheit. Denn ich hasse es, aus fremden Kühlschränken alten Kram zu essen. Außerdem vertraue ich Ole. Er wird mich ja doch nach Pilzen fragen. Und Wahrheiten über Pilze sind nicht das Schlechteste, was man verraten kann.

»Bist du in Ine verliebt?«

Ich erstarre am ganzen Leib. Was ist das denn? Ich kenne mich total gut aus mit Röhrlingen und Stoppelpilzen und Champignons. Und hier steht Ole und fragt, ob ich in Ine verliebt bin? Hat er denn vollkommen den Verstand verloren?

Ich starre zu Boden. »Nein«, würge ich heraus.

Ole sieht mich überrascht an. »Aber das ist doch die falsche Antwort«, sagt er. »Du musst Ja sagen.«

Die ganze Klasse lacht und ich bohre meinen Blick noch tiefer in den Boden. In ein Astloch, das wie ein Herz aussieht. Während alles Blut in meinem Körper in Richtung Kopf strömt.

»Muss ich gar nicht«, sage ich und höre ein höhnisches Lachen, von dem ich fast nicht glauben kann, dass es mein eigenes ist.

»Doch«, sagt Ole. »Denn man muss die Wahrheit sagen. Und du bist doch in Ine verliebt. Also musst du Ja sagen.«

Das Schlimmste ist, dass Ole das auf eine so einfühlsame Weise sagt. Und das Zweitschlimmste ist, dass ziemlich viele jetzt anfangen zu pfeifen.

Ich reiße meinen Blick von dem Herzen im Boden los. »Ich soll in Ine verliebt sein? Guter Witz!« Und ich lache wieder. »Die Antwort ist Nein«, lüge ich, als ob Ole ein nerviger kleiner Bengel wäre, der mitten in der Woche Süßigkeiten verlangt.

»Aber das stimmt doch nicht«, sagt Ole beharrlich. Er sieht fast ein bisschen verzweifelt aus.

Aber jetzt tut er mir nicht mehr leid.

»Mit *dir* stimmt was nicht, Ole«, sage ich und sehe ihn wütend an.

Und wieder lacht die ganze Klasse.

Mir fällt auf, dass es in Oles Boden viele Astlöcher gibt. Und während die anderen weiterspielen, sitze ich ganz still da und kneife die Augen zusammen, um etwas Feuchtes im Augenwinkel festzuhalten.

Ich habe Ine kein einziges Mal angesehen. Und ich habe das Gefühl, dass ich es niemals wieder tun kann.

Zum Glück ist von diesem Abend nicht mehr besonders viel übrig. Aber ich schaffe es noch, so viele Brausepulverherzen zu essen, dass mir schlecht wird. Und in meinem Augenwinkel sehe ich, wie Ine hinten auf dem Sofa zu viel Limo trinkt, mit Kevin. Ich bin ganz sicher, dass so viel Limo nicht gut ist, wenn man nicht daran gewöhnt ist.

Um elf ist das Fest zu Ende. Und während die anderen nach ihren Jacken suchen und Oles Mutter Cola vom Wohnzimmertisch wischt, kommt Ine zu mir herüber. Sie zieht sich den Reißverschluss ihrer Jacke bis zum Hals hoch.

»Ich glaube nicht, dass meine Cousine noch Hilfe braucht«, sagt sie kühl.

»Schön«, sage ich mit einem Kloß im Hals. »Ich hab sie inzwischen nämlich auch ganz schön satt.« Ich unterhalte mich gerade mit dem Boden.

WIE EIN PILZ

Wir liegen in Oles Zimmer, er im Bett und ich auf einer Matratze auf dem Boden. Es ist fast zwölf und ich bin hellwach. Aber auf keine gute Weise.

Das Einzige, was vielleicht ein bisschen hilft, ist, dass Ole nicht mehr sauer auf mich ist. Denn ich habe ihm erklärt, dass man bei Pflicht oder Wahrheit doch immer Quatsch erzählen muss. Und dann habe ich ihn um Entschuldigung gebeten, weil ich so wütend geworden bin.

»Also … du findest nicht, dass mit mir irgendwas nicht stimmt? Dass ich irgendwie falsch bin? Sozusagen ein Fehler?«, fragt Ole.

Ein Fehler, denke ich. Wenn Ole nur wüsste, wer hier der Fehler ist. Ein Riss im Gummi. Aber ich sage es nicht.

»Hier ist niemand ein Fehler«, sage ich stattdessen. Denn ich bin ein unglaublich guter Lügner.

»Außerdem – einen Fehler zu machen und einer zu sein, das ist wohl ein kleiner Unterschied.«

Meine Güte. Diesen Satz muss ich in Gedanken noch mal wiederholen. Ine hat wirklich Recht, ab und zu klinge ich wie ein alter Philosoph. Und gerade jetzt bin ich darauf ein bisschen stolz. Dass mein Mund vielleicht klüger ist als mein Gehirn.

Aber dann sagt Ole etwas, das ich noch nie von ihm gehört habe. »Ja, aber ich bin doch irgendwie ein bisschen anders als die anderen«, sagt er. Und nun weiß ich auch nicht mehr weiter. Und der alte Philosoph in mir auch nicht.

Ole findet, dass er anders ist. Das ist ein ziemlich seltsamer Gedanke. Und es ist ganz schön schwer, etwas dazu zu sagen.

»Die meisten sind anders«, sage ich.

»Nicht so anders wie ich«, sagt Ole.

Ich schweige eine Weile. »Und was ist mit meinen Ohren?«, frage ich dann.

Ole sieht sie an. »Die sind groß«, sagt er.

»Ja«, sage ich. »Und anders. Ohren, die noch mehr anders sind, kann man fast nicht haben. Also hab ich dich jetzt doch total übertroffen.«

»Ich hatte nicht an Ohren gedacht«, sagt Ole.

»Nein«, sage ich. »Wohl nicht.«

Wieder schweigen wir eine Weile. »Ich meine, ist man im Ganzen nicht irgendwie falsch, wenn man anders ist?«, fragt Ole.

Ich muss eine Weile überlegen. Eine sehr lange Weile. Denn ich möchte so gern eine gute Antwort finden. Und dann ist es ziemlich blöd, dass der alte Philosoph in mir beschlossen hat, den Mund zu halten.

Am Ende sage ich: »Du bist wie ein Pilz.«

»Ein Pilz?«, fragt Ole.

»Ja«, sage ich. »Wie Penizillin.« Und ich versuche ihm zu erklären, was Signe Salvesen mir erzählt hat. Dass Penizillin ein guter Fehler war. Der zu einer Medizin wurde, die jedes Jahr Tausende von Menschenleben rettet.

Nun sieht Ole mich an. Und lächelt. »Ich mag Pilze«, sagt er.

»Das weiß ich«, sage ich.

Und dann denke ich noch ein bisschen weiter. »Jedenfalls, wenn man das Leben von jemand anderem verändert, so dass es besser wird – dann kann man ja nicht so falsch sein«, sage ich. Vor allem zu mir selbst.

»Das Leben von jemand anderem verändert?« Ole sieht mich mit Hoffnung in den Augen an.

»Das tust du doch«, sage ich.

»Wie denn?«

»Mit den Rosinenbrötchen zum Beispiel. Die du mit in die Schule bringst. Die verändern ganz schön viel für Ine und mich.«

»Wirklich?«, fragt Ole.

»Klar«, sage ich. »Ine würde an Gesundheitskost eingehen, wenn du nicht wärst. Und ich an Knäckebrot.«

Ole lächelt lange. Und ich merke, dass ich selbst auch ein bisschen froher bin. Eine Spur froher jedenfalls.

»Du, Anton?«, fragt er nach einer Weile. Seine Stimme klingt verschlafen.

»Ja?«

»Ich finde, du bist ein guter Freund.«

Und dann wickelt er sich in seine geblümte Decke und schläft ein.

Aber ich nicht. Ich liege da und denke nach. Darüber, dass eigentlich Ine hier sein müsste. Und wenn alles so wäre wie immer, wäre sie jetzt noch wach. Wir könnten zusammen bis spät in die Nacht hinein reden und lachen.

Aber jetzt ist niemand da, mit dem ich lachen könnte. Auf diese besondere Weise. Und ich frage mich, ob es je wieder so sein wird. Denn nach diesem Abend wird nichts mehr so sein wie vorher.

Nach diesem Abend wird dieser Satz mit dem Verliebtsein die ganze Zeit zwischen Ine und mir stehen. Und so ein Satz zerstört eigentlich alles.

Dann starre ich lange die Decke an. Lausche Oles Atem und einem tickenden Wecker.

Und irgendwann, ehe ich einschlafe, habe ich es begriffen: Ich bin doch verliebt. In meine beste Freundin. Und habe nicht die winzigste Chance auf der Welt.

CLAIR DE LUNE

Die Klasse kommt zur Ruhe. Alle außer mir. Und meinem einen Bein. Das führt nämlich gerade ein Eigenleben, genau wie ich es vorausgesehen habe. Schon seltsam, dass ausgerechnet das linke Bein am meisten gestresst ist, wenn man einen Vortrag über Kondome halten muss. Ich möchte ja wissen, ob es den anderen auch so geht.

Ich schaue mich in der Klasse um. Als wir unseren Vortrag im Gruppenraum 6 geübt haben, hatte ich eine Sterbensangst vor den acht leeren Stühlen. Jetzt sind es dreißig. Und auf jedem sitzt jemand.

Wir sind gut vorbereitet, Ole und ich, das ist es nicht. An der einen Längswand stehen die Plakate, die wir vorzeigen wollen, in der richtigen Reihenfolge. Das haben wir schon vor der ersten Stunde alles so hingestellt. Und heute Morgen im Badezimmer habe ich versucht, meine Stimme mit Übungen anzuwärmen, die unser Musiklehrer uns beigebracht hat. Papa machte sich schon Sorgen wegen der komischen Geräusche und klopfte lange an die Badezimmertür. Aber als ich ihm erklärt habe, dass ich gerade versuche, mich auf einen richtig fiesen Vortrag vorzubereiten, sagte er nur: »Stell dir deine Zuhörer nackt vor. Dann ist es nicht so unangenehm.«

Doch, denke ich jetzt. Es ist schrecklich unangenehm, die Klasse nackt zu sehen. Vor allem, wenn man einen Vortrag über Kondome halten muss.

Lars klatscht in die Hände. »Und jetzt gehen Ole und Anton durchs Feuer«, sagt er. »Bitte sehr, Jungs.« Die Klasse kichert. Oscar pfeift und Kevin versetzt seinem Nebenmann einen Rippenstoß. Wir können anfangen.

Ich atme ganz tief durch, wie der Musiklehrer empfohlen hat. Und das Einzige, was passiert, ist, dass ich das Gefühl habe, rülpsen zu müssen.

»Wir werden euch etwas über Verhütung erzählen«, fange ich an. »Und als Erstes spreche ich über Kondome.«

Schön. Da ist Herr Kaninchen wieder. Auf den ist immer Verlass.

»Kondome sind eine Barrieremethode, die die Samenzellen daran hindert, das Ei zu erreichen«, piepse ich dann. Und einige Jungs aus der Klasse glucksen wie Hühner beim Eierlegen. Lars bringt sie zum Schweigen.

Ich klammere mich an mein Manuskript und kann sogar einen Rülpser hinunterschlucken. »Die Sicherheit der Kondome variiert«, piepse ich. Und schaue zu Ole hinüber. Der das Plakat mit der Aufschrift *KONDOME ZU JEDER GELEGENHEIT* hochheben soll.

Und das tut er. Wie wir es geübt haben. Nur steht auf dem Plakat nicht *KONDOME ZU JEDER GELEGENHEIT*. Dort steht in großen Blasenbuchstaben *HURRA*. Und daneben sind gemalte Ballons.

Eine gewaltige Lachwoge schlägt uns entgegen. Sogar Lars lacht. Laut und lange.

Aber ich habe gesehen, wie Kevin seinem Nebenmann noch einen Rippenstoß versetzt hat. Und mir wird klar, wie leicht es ist, ein paar Plakate auszutauschen.

Ich habe den ganzen Tag nicht mit Ine gesprochen. Und als die Schule zu Ende ist, schließe ich einfach mein Fahrrad auf, ohne mich nach ihr umzusehen. Denn ich bin ganz sicher. Ine wird nie wieder mit mir reden wollen.

Aber es hat doch seine Vorteile, sich umzusehen. Ruhig mehr als einmal. Denn dort, zwischen den Fahrrädern, steht plötzlich Ines Mutter und sie sieht verärgert aus.

Ines Mutter ist fast hübsch. Auf so eine polierte Weise. Mit glattem Gesicht und glatten Haaren und glatten Nägeln, ordentlich von oben bis unten.

»Eine kurze Frage, Anton«, sagt sie zu mir, ohne mich vorher zu begrüßen oder so. So redet sie sicher auch vor Gericht. Kurz und knapp. Ich lasse meinen Blick umherirren und fürchte das Schlimmste: die Kondome auf dem Boden im Supermarkt. Natürlich hat Ines Vater ihr davon erzählt.

»Ich habe gestern in Ines Schultasche einen Zettel gefunden«, sagt Ines Mutter. Sie sieht mir fest in die Augen. »Und ich habe DEINE Schrift erkannt.«

Jetzt starre ich sie an. Was kann sie nur meinen?

»Darauf stand *Freu dich auf heute Abend*«, sagt Ines Mutter sehr deutlich. Und dabei trommelt sie mit den Fingern auf einer glänzend schwarzen Tasche herum.

Freu dich auf heute Abend? Ich glotze. Will sie nur darüber reden? Vor Erleichterung könnte ich fast abheben.

Aber das versteht Ines Mutter natürlich nicht. Sie sieht, dass ich kurz davor bin loszuprusten. Und es ist offensichtlich, dass ihr das nicht gefällt. Überhaupt nicht.

Denn nun holt sie Luft, als ob sie sich für den ganz hohen Ton in einer Opernarie oder so was bereit macht. Ihre Stimme ist sehr spitz, als sie sagt: »Und da möchte ich doch wissen, Anton – worauf sollte sich Ine bei dieser Übernachtung denn eigentlich freuen?«

Ich bin noch immer ein bisschen wirr im Kopf, so erleichtert bin ich, dass sie nicht die Sache mit den Kondomen meint.

»Zum Beispiel auf Rosinenbrötchen«, stammele ich.

»Rosinenbrötchen!?«, wiederholt Ines Mutter.

»Und Süßigkeiten«, füge ich hinzu. »Ich weiß, dass das nicht so gut für die Zähne ist, oder …«

»Ich rede doch nicht von Zähnen!« Ines Mutter ruft das fast. Und jetzt klingt sie nicht mehr wie eine Anwältin.

»… oder für den übrigen Körper.«

Jetzt unterbricht sich Ines Mutter plötzlich und sieht mich lange an. »Für den übrigen Körper?«, fragt sie misstrauisch.

»Manchmal spielen wir auch Mensch ärgere dich nicht«, sage ich vorsichtig.

Jetzt wird Ines Mutter mich bestimmt gleich ins Ohr kneifen. »Wag ja nicht, dich über mich lustig zu machen, Anton Albertsen«, faucht sie. »Warum hast du den Zettel für Ine geschrieben?«

»Für Ine?«

Ich habe noch nie jemanden so hart auf eine Tasche trommeln hören.

»Der Zettel war doch nicht für Ine«, sage ich. »Der war für ihre Cousine.«

Eigentlich dachte ich, eine Anwältin hätte jahrelang Erfahrung darin, herauszufinden, ob jemand die Wahrheit sagt. Aber es dauert wirklich lange, ehe sie es kapiert. Erst schaut sie mich lange an und öffnet und schließt dabei einige Male den Mund. Und dann verzieht sie das Gesicht, als ob sie über eine furchtbar schwierige Matheaufgabe nachdächte. Ganz am Ende hat es den Anschein, als ob ich freigesprochen wäre oder so, denn ihr Gesicht lockert sich irgendwie ein bisschen.

Aber es sieht trotzdem nicht aus, als ob sie irgendetwas begreift.

»Ine hat überhaupt keine Cousine«, sagt sie.

Es ist sehr schön, dass sich der Elternrat trifft und dass Ines Mutter ohnehin schon spät dran ist. Ich stehe wie betäubt am Fahrradständer.

Plötzlich höre ich Klavierklänge. Aus dem Musikraum im Erdgeschoss. Ziemlich leise, da das Fenster geschlossen ist. Aber als ich hineinschaue, ist es genau, wie ich gedacht habe: Dort sitzt Ine, ganz allein. Und sie übt.

»Clair de lune«, denke ich. Das romantischste Stück, das ihre Mutter kennt.

Ine hört nicht auf zu spielen, obwohl ich hereinkomme. Und ich setze mich ganz still an einen Tisch und höre zu. Ganz hinten, bei der Tür.

Es ist seltsam, aber ich habe Ine noch nie Klavier spielen hören. Oder gesehen, also in Wirklichkeit. Wir balancieren vor allem zusammen über das Brett oder so was. Deshalb wusste ich gar nicht, dass sie so biegsame Finger hat. Und dass sie so viele Töne auf einmal spielen kann.

Ine, denke ich. Meine beste Freundin, die taff und clever und cool ist. Die immer alles für mich in Ordnung bringt.

Aber so habe ich sie noch nie gesehen. Denn Ines Gesicht sieht jetzt gar nicht mehr taff und cool aus. Nur noch weich, irgendwie. Und – ich weiß, es ist blöd, das zu sagen, aber trotzdem – schön.

Ich schließe die Augen und denke, dass »Clair de lune« fast wie Wasser klingt. Wie weiches, warmes Wasser, das um einen herumwirbelt und wobei man sich vorkommt wie im Traum. Romantisch eben. Obwohl romantisch das blödeste Wort ist, das ich kenne. Das allerallerblödeste.

Und dann denke ich, dass alles anders wäre, wenn Ine Schlagzeug spielte. Das wäre absolut nicht dasselbe.

Und während ich da an einem dieser Tische sitze, die eigentlich für Erstklässler gemacht sind, habe ich ganz einfach Sehnsucht. So ganz ohne Grund, eigentlich.

Denn »Clair de lune« klingt eben so.

Und es handelt ja auch vom Mond.

Als die Musik aufhört, wird es ganz still. Ine starrt aus dem Fenster.

»Es ist vielleicht leichter, der zu sein, der jemandem hilft«, sage ich nach einer Weile.

Erst sagt Ine nichts. Sie schaut lange eine Krähe oder eine Elster an, die sich draußen auf einen Ast gesetzt hat. »Wie meinst du das?«, fragt sie schließlich. Ziemlich leise.

»Dass es leichter ist, stark zu sein, irgendwie.«

Ich glaube, es muss eine Krähe sein. Sie hebt jedenfalls ab.

»Und dass es nicht so cool ist, jemandem zu sagen, dass man traurig ist«, sage ich dann. »Dann ist es vielleicht leichter, eine Cousine zu haben.«

Ine sitzt noch immer ganz still da.

»Vielleicht«, sagt sie endlich.

»Ich wollte nur sagen, dass Cousinen und beste Freundinnen nicht dasselbe sind«, sage ich. »Und wenn ich jemandem helfen sollte, dafür zu sorgen, dass sich irgendwelche Eltern besser vertragen, würde ich wohl lieber einer besten Freundin helfen.«

Ine schaut noch immer aus dem Fenster.

»Was würdest du dann machen?«

»Was mit Lippenstift schreiben«, sage ich. »Auf den Badezimmerspiegel.«

Nun dreht Ine sich langsam zu mir um. Und obwohl von ihrem einen Auge ein feuchter Streifen die Wange hinunterführt, lächelt sie ein bisschen. »Idiot«, sagt sie.

Auf dem Weg nach Hause bleiben wir bei unseren Bäumen stehen, Ine und ich. Aber wir laufen nicht über das Brett.

Wir setzen uns daneben auf den Boden und reißen ganz schön viele Grashalme aus, statt zu reden.

»Sie haben am Donnerstag Hochzeitstag«, sagt Ine endlich. »Und ich dachte, wenn ich sie mit einem romantischen Essen überrasche oder so … dann könnte ich ›Clair de lune‹ für sie spielen, während sie essen.«

»Gute Idee«, sage ich. »Du spielst doch so gut.«

»Danke«, sagt Ine.

»Also ... brauchst du Hilfe bei diesem Essen?«, frage ich.

Ine überlegt. »Kannst du Zwiebeln schneiden?«

Heute kann ich alles. Ich lächele und nicke. »Sonst noch was?«

Ine zögert ein bisschen. »Ich hab daran gedacht, was du über die Badewanne gesagt hast«, sagt sie dann. »Mit Teelichten und ...«

»Ganz klar«, sage ich. »Aber dann brauchen wir auch Rosenblätter.« Denn ich erinnere mich noch immer an die Frau aus der Fernsehsendung. Sie hat sich ganz neu in ihren Mann verliebt, und ich glaube, dass es an den Rosenblättern lag.

Ine schaut mich skeptisch an.

»Wir sind ja auch keine Anfänger«, sage ich. »Immerhin haben wir Ulla an die Angel gekriegt. Also wissen wir ein bisschen darüber, wie das läuft.«

Jetzt müssten wir Ulla ja eigentlich von der Angel wieder loskriegen. Aber das ist eine andere Sache.

»Okay«, sagt Ine. »Aber nicht übertreiben.«

»Okay«, sage ich, und es wird still.

Wir sitzen noch eine ganze Weile im Gras. Der Boden ist trocken und warm, wie sich das für den Sommer gehört. Man kann da sitzen, ohne diese Sorte von feuchtem Hintern zu kriegen, die man erst nach einer Weile bemerkt. Ich reiße noch immer Grashalme aus der Erde. Ine kaut auf einem herum und starrt ihre Schuhe an.

»Ich lüge auch ab und zu«, sage ich.

»Das weiß ich«, sagt Ine.

»Außerdem ist Pflicht oder Wahrheit ja nur ein Spiel«, sage ich.

Ine sagt nichts.

Aber sie reißt ein dickes Grasbüschel aus dem Boden und stopft es mir in den Pullover. »Idiot«, sagt sie und lacht, als sie wegrennt.

Ich bleibe noch ein bisschen sitzen. Denn es ist, als könnte ich noch den Abdruck von Ines Hand in meinem Pullover spüren. Dann rupfe ich zwei dicke Grasbüschel aus und stürze hinter ihr her.

Ich war wirklich lange nicht mehr so gut gelaunt. Papa auch nicht. Er steht in der Küche und summt, während er eine Pizza warm macht.

»Weißt du«, sagt er zu mir, »es kommt mir fast so vor, als ob ich den Glauben an mich wiedergefunden hätte.«

Und er lächelt, als er so da steht, mit seinem Pferdeschwanz und den geblümten Topfhandschuhen an den Händen. Ich sehe ihn fragend an.

Papa räuspert sich. »Ich meine natürlich in Bezug aufs Verkaufen«, sagt er. »Dieser Kurs … der hat wirklich etwas mit mir gemacht.«

Nun lächele ich auch. Denn ein Kurs, der etwas mit einem macht, klingt doch gut.

»Am Donnerstag habe ich übrigens zu einer Präsentation eingeladen«, sagt Papa nun. »Und da will ich das Publikum wirklich erobern.«

»Wie schön«, sage ich. Und ich frage mich, wie sehr man sich von Hüttenklos erobern lassen kann.

Aber so schlimm ist das nun auch wieder nicht. Papa summt noch immer, während er die Pizza auf den Wohnzimmertisch stellt und mit einer Papierschere in zwei Stücke teilt. Und alles ist gut.

»Weißt du, was«, fragt er dann. »Ich stelle mir ein Banner über der Bühne vor, so ein Stück Stoff, weißt du …«

»Über der Bühne?«, frage ich. Denn ich kann mir jemanden aus meiner Familie einfach nicht so ganz auf einer Bühne vorstellen. Jedenfalls nicht mit einer Hüttentoilette.

»Ja, klar«, sagt Papa mit Pizza im Mund. »Und auf dem Banner soll stehen ›Setzen Sie auf Qualität‹ oder so was. Ich hab dafür das Kleine Theater gemietet.«

»Ach«, sage ich. »Ja, das wird sicher schön.«

»Glaubst du wirklich?«, fragt Papa.

Ich sehe ihn an. Mein Papa, mit Pizza und Bierdose und den Füßen auf dem Tisch. Und ich denke, dass es so ein schöner Tag ist. Ein Tag, an dem wir gut gelaunt sind, alle beide.

»Ganz bestimmt«, sage ich. »Ganz bestimmt.«

Anton Albertsens Gedanken über astronomisches Gleichgewicht
(Neue Version)

Ist-Zustand: Die Erde (Papa) ist noch immer schief. Der Mond (ich) noch immer ein Unfall.
Ziel: Weiterhin sinnstiftende Dinge tun.
NB: Projekt ist im Wartemodus. Wg. einer wichtigen Aufgabe, die eilt: Ine helfen.
Ursache: Sie hat überhaupt keine Cousine.
Sonstiges: Werde für den Rest meines Lebens denselben Pullover tragen. Mit Gras und Handabdruck.

ROSEN IN DER BADEWANNE

Inzwischen ist der Donnerstag gekommen. Der Hochzeitstag. Ine und ich fahren nach der Schule sofort nach Hause, und es liegt sehr viel Sommer in der Luft. Der Himmel ist hellblau und hat solche gepunkteten Dinger, die Papa Federwölkchen nennt, und es riecht nach grünem Gras und trockenem Asphalt.

Ine schließt die Tür auf und sagt dabei: »Ich überlege noch, ob ich außen an die Tür ein Herz hängen soll. Damit gleich die richtige Stimmung aufkommt.«

»Gute Idee«, sage ich und wir gehen hinein.

Zu Hause bei Ine hat man irgendwie ein ganz anderes Gefühl als bei Ole. Oder auch als bei mir. Und obwohl Ine das größte Haus hat, sind wir nur selten dort. Denn Ines Haus ist genau wie Ines Mutter. Irgendwie glatt. Und sehr sauber.

Ich gehe vorsichtig über die weißen Fliesen in der Diele und dann ins Esszimmer.

»Was hältst du von einer rot karierten Tischdecke?«, fragt Ine und mustert dabei forschend den Esstisch. »Ein bisschen französisch sozusagen.«

»Sicher gemütlich«, sage ich.

»Debussy ist auch Franzose«, sagt Ine. »Das ist der, der ›Clair de lune‹ komponiert hat.«

»Clair de lune.« Ich schaue zu Ines Klavier hinüber. Und ich wünschte mir fast, ich könnte hier sein, wenn Ine für ihre Eltern spielt. All diese vielen Töne auf einmal. Über den Mond.

»Heute feiern offenbar auch noch andere«, sagt Ine und schaut aus dem Fenster.

Dort liegt der Garten von Kevin. Er ist Ines Nachbar. Und in Kevins Garten tragen Kevins Eltern Stühle und einen Tisch und einen großen Gasgrill heraus.

»Das alljährliche Gartenfest«, erklärt Ine. »Seine Eltern singen in einem Chor.«

Ich sehe sie fragend an.

»Dann singen sie den ganzen Abend«, sagt sie. »Mehrstimmig. ›Kein schöner Land zu dieser Zeit‹ und so was.«

»Kein schöner Land?«, frage ich.

»Jepp«, sagt Ine. »Und ›Wie ist das Leben doch so schön‹. Es ist jedes Jahr das Gleiche.«

In Kevins Garten taucht jetzt auch Kevin auf. In einem kurzärmligen Hemd. Und ich kann sehen, dass er Muskeln in den Oberarmen hat, als er Ballons in die Apfelbäume hängt.

Plötzlich fällt mir ein, wie Ine sich damals in die Jungenumkleide geschlichen hat. Damals, als sie gedroht hat, allen zu erzählen, wer den kleinsten Schwanz hat, wenn sie nicht aufhören, mich Dumbo zu nennen. Das war ganz schön mutig. Aber gerade jetzt denke ich, dass Ine Kevin nackt gesehen hat. Auch wenn das drei Jahre her ist.

»Findest du, dass Kevin … die Haare schön hat?«, frage ich.

»Ja«, sagt Ine.

»Und dass er … ganz gut aussieht?«

Ine blickt mich ein bisschen seltsam an. »Irgendwie schon«, sagt sie. »Aber jetzt müssen wir loslegen. Ich habe mich für Tapas entschieden. Und da muss so einiges geplant werden.«

Stimmt. Und das ist vielleicht auch gut so. Denn es gibt ja doch ganz schön viel, was ich über Kevin gar nicht wissen will.

Wir machen ab, dass Ine die Tapas und die Getränke kauft, während ich für Duftkerzen und getrocknete Rosenblätter sorge. Zum Glück gibt es das alles unten im Einkaufszentrum. Wir haben Zeit genug, Ines Eltern werden frühestens um sechs zu Hause sein, sagt sie.

»Aber wie viele Rosenblätter soll ich denn kaufen?«, frage ich.

Ine öffnet die Badezimmertür. »So, dass alles bedeckt ist«, sagt sie.

»Boden oder Badewanne?«, frage ich, denn Ines Badezimmer ist sehr groß. Wir reden hier von Kilos, wenn sie den Boden meint.

»Die Badewanne«, sagt Ine. »Und vielleicht ein kleiner Pfad von der Tür her.«

Es gibt wirklich solche und solche Badezimmer. Während Papa und ich Dusche und Klo in einem Raum haben, hat Ines Familie das Klo in einem eigenen Raum hinter dem Badezimmer. Und während Papa und ich ein Trockengestell mit Unterwäsche haben, hat Ines Familie kleine Tische mit Grünpflanzen und einem dicken Buddha aus einem Material, das aussieht wie Gold.

Plötzlich kommt mir eine Idee. »Wie wäre es mit einem Drink?«

Ine macht ein verständnisloses Gesicht.

»In Fernsehserien sitzen die Leute oft mit einem Champagnerglas in der Hand in der Badewanne«, erkläre ich.

»Du siehst zu oft fern«, meint Ine.

»Ja«, sage ich. »Aber dabei verlieben sie sich dann auch sehr oft ineinander.«

Sie versteht, was ich meine. »Aber ich trau mich nicht, eine von Papas Champagnerflaschen aus dem Keller aufzumachen.«

»Alkoholfrei«, sage ich und nicke. »Hauptsache, es prickelt.«

Und während ich *Duftkerzen, Rosenblätter* und *Apfellimo* auf einen kleinen Zettel schreibe, sehe ich sozusagen einen Mann und eine Frau vor mir, die in einer Badewanne sitzen und anstoßen.

Die Frau lächelt und hat grüne Augen. Und der Mann hat große Muskeln in den Oberarmen. Und schleudert seine Haare nach hinten.

SIEBEN FRAUEN UND EIN UNERWARTETER ANRUF

Ine und ich waren schon lange nicht mehr zusammen einkaufen. Ich wünschte, wir könnten mal wieder in denselben Laden gehen und denselben Einkaufswagen schieben, so wie früher, wenn wir für Signe Salvesen Backpflaumenjoghurt und Sardellen gekauft haben. Aber heute ist Effektivität angesagt. Und außerdem ist Ine diejenige von uns, die sich mit Tapas am besten auskennt, weil sie Eltern hat, die ab und zu Gäste einladen. Das habe ich nicht.

Ich gehe also in den Laden, den Ine mir genannt hat. Es ist nicht schwer zu begreifen, warum; es gibt einen Regalmeter nach dem anderen voller Servietten und Kerzen in allen Farben und Duftnoten. Ganz zu schweigen von den weisen Worten. Auf fast allem steht *carpe diem*.

Eigentlich frage ich mich ja, ob das eine echte Weisheit ist. Denn *carpe diem* bedeutet, glaube ich, dass man den Tag pflücken soll. Es gibt Tage in meinem Leben, bei denen ich wirklich nicht begreife, was ich da eigentlich genau pflücken soll.

Nach langem Überlegen entscheide ich mich für Duftkerzen, die klein sind und nach rosa Kaugummi riechen. Denn das erinnert mich an Sommerferien und die Tankstelle, wo man Eis kaufen kann. Das muss doch funktionieren.

»Kann ich dir irgendwie behilflich sein?« Eine Frau mit knallroten Nägeln kommt auf mich zu und macht ein hilfsbereites Gesicht.

»Haben Sie Rosenblätter?«, frage ich. »Getrocknete?«

Die Frau nickt und lächelt, und dann holt sie eine Tüte. Mit trockenen Bröseln, die verwelkt aussehen. Und ich sehe die Brösel lange und ziemlich skeptisch an.

»So hatte ich mir das eigentlich nicht vorgestellt«, sage ich schließlich. Denn was, wenn Ines Eltern anfangen den Boden zu fegen, statt in der Badewanne zu sitzen und romantisch zu sein?

»Was hast du denn damit vor?«, fragt die Frau mit den roten Nägeln.

Und nun merke ich, dass mein Gesicht wieder heiß wird. »Es ein bisschen schön machen«, würge ich hervor. Und werde ein bisschen leiser. »In der Badewanne.«

Danach stehe ich für einen langen unangenehmen Moment da und warte darauf, dass die Frau verärgert ihr Gesicht verzieht. Aber sie zwinkert mir nur zu und sagt: »Versuch es mal im Blumenladen.«

Trotzdem habe ich ein ziemlich rotes Gesicht, als ich die Packung mit den rosa Duftkerzen bezahle.

Ich stehe mit fünfzehn roten Rosen vor dem Blumenladen, als mein Handy klingelt. Es ist Papa.

»Wollte nur sagen, dass ich heute Abend nach der Präsentation noch zu einem Essen muss, deshalb bin ich erst später zu Hause. Macht das was?«

»Überhaupt nicht«, sage ich. »Gar kein Problem.«

»Sehr gut«, sagt Papa. »Und du, tausend Dank für die Liste.«

»Die Liste?«

»Die mit den vielen Frauen, du weißt schon. Alle wollen kommen, bis auf eine. Plus alle Interessenten, die ich schon notiert hatte. Das wird also richtig gut.«

Die Liste? In meinem Kopf fängt sich alles an zu drehen. Frauennamen. Fitnesstrainerinnen. Gro mit dem Hund und Papas Hüttentoiletten. Schneller und schneller. Und am Ende habe ich das Gefühl, in einem Karussell zu sitzen, wo alles nur so an mir vorbeiwirbelt.

Aber das begreife ich immerhin: Papa hat die Frauen von meiner Liste zu einer Präsentation über Hüttentoiletten eingeladen. Und ich glaube, ich weiß, wer abgelehnt hat. Die kam sicher aus Solviken.

»W...was hast du denn geschrieben?«, frage ich mit Piepsstimme.

»Was ich geschrieben habe? Nur, dass ich gerne zu einem netten Nachmittag im Kleinen Theater einladen möchte.«

»Nur das?«, frage ich. »Nichts über ... Hüttentoiletten?«

»Das wissen die doch schon. Deshalb haben sie ja angerufen.«

Ich verstumme. Vor Schreck oder vor etwas anderem.

»Aber jetzt muss ich mich fertig machen«, sagt Papa. »Es geht um vier los. Bis dann also.«

Gleich danach höre ich einen dumpfen Aufprall. Die Tüte mit den Duftkerzen ist auf den Boden gefallen.

Was mache ich jetzt? Ein Anruf von EINER Frau, die unbegreiflich wütend wird, wenn man anfängt, über sechs Meter lange Urinablaufschläuche zu reden, ist die eine Sache. Etwas ganz anderes ist, eine ganze Bande am Hals zu haben. Im Kleinen Theater.

Und da haben Ine und ich gemeint, er müsste mal unter Leute kommen. Es wäre besser gewesen, ihn einzusperren.

Ich tippe seine Nummer ein. Hier hilft nur noch ein Geständnis. Ich muss alles zugeben. Und das so schnell wie möglich.

»Hallo, hier ist der Anrufbeantworter von Pål Albertsen. Bitte, hinterlassen Sie nach dem Piepton eine Mitteilung, ich rufe dann so schnell wie möglich zurück. Schönen Tag noch.«

Schönen Tag? Das hier ist eine Katastrophe! Papa hat sein Handy ausgeschaltet.

Ich schaue auf die Uhr. Es ist zwanzig vor vier. In zwanzig Minuten steht Papa im Kleinen Theater, um das Publikum zu erobern.

Aber ich bezweifele, dass ihm das gelingen wird.

Zum Glück weiß ich, wo das Kleine Theater ist. Wir waren mal auf einer Weihnachtsfeier dort, als ich noch klein war. Und ich weiß noch, dass wir fünf Stationen mit dem Bus Nr. 15 gefahren sind.

Ich gebe Ines Nummer ein, als ich aus dem Einkaufszentrum renne. »Katastrophe«, keuche ich ins Telefon und halte verzweifelt Ausschau nach einer Bushaltestelle.

»Katastrophe?«, fragt Ine.

»Also, ich hab alles gekauft«, japse ich. »Rosen und alles. Aber ich muss Papa retten.«

Da hinten, gleich hinter der Kurve, ein blaues Schild mit einem Bus! Ich renne wie ein Blöder, und Duftkerzen und Rosen tanzen in meiner Einkaufstüte Samba.

»Ihn retten?«

Und da kommt schon der Bus. Ich lege eine Art Sprint ein und das, was Ine von mir hört, ist nichts anderes als zu kurze Beine und eine zu schlechte Kondition. Dann springe ich in den Bus. Eine Sekunde darauf gleiten die Türen hinter mir zu, und ich lasse mich auf einen Sitz fallen, während ich um Atem ringe.

»Aber ich komme, so schnell ich kann, versprochen«, piepse ich, fast ohne Sauerstoff in der Lunge.

Ine begreift. Vor allem, nachdem ich wieder zu Atem gekommen bin und ihr von Papas Liste erzählt habe.

»Ich komm schon zurecht bis dahin«, sagt sie. »Wir treffen uns dann bei mir. Und viel Glück.«

Es dauert mindestens zwei Haltestellen, bis ich wieder normal atmen kann. Aber das mit dem Denken dauert länger. Als ob sich das Karussell in meinem Kopf in so ein krasses Turbodrehdings in einem Vergnügungspark verwandelt hätte. Wo ständig Leute auf- und abspringen. Kevin in der Jungendusche. Sonja aus Solviken mit einem drei Kilometer langen Schal.

Und während der Bus weiterfährt und sich alles andere dreht, halte ich den Kopf aus dem Fenster. Die Welt ist wirklich seltsam. Als wäre sie in viele verschiedene Welten aufgespalten. Nehmen wir zum Beispiel den Busfahrer, der hat einen ganz normalen Arbeitstag. Ohne Karussells. Und er hält mich aller Wahrscheinlichkeit nach für einen ganz normalen Fahrgast in einem ganz normalen Bus.

So kann man sich also irren.

Erstens bin ich nicht ganz normal. Wenn ich das wäre, hätte

ich ganz normale Ohren und eine ganz normale Familie. Ich wäre ein ganz normaler Junge, der beim Sport schnell läuft und nie in irgendeinen Schlamassel gerät. Nicht mit Kondomen und auch sonst mit nichts.

Zweitens ist das hier kein ganz normaler Bus.

Es ist der Bus Nr. 15. Der Mama überfahren hat.

Und dann wechselt das Karussell sozusagen in einen anderen Gang über. Denn ich fange an, über Zufälle nachzudenken.

Die Zufälle, die dafür gesorgt haben, dass Mama nicht mehr da ist, ich aber wohl. Der Bus Nr. 15, der zu früh kam. Und ein geplatztes Kondom.

Wenn ich mir das also genauer überlege, habe ich Mama sozusagen ersetzt. Minus eins plus eins sozusagen.

Was eigentlich null ergibt. Nichts also. Und ich weiß nicht, ob man so was Gleichgewicht nennt.

Ich frage mich, ob auch Philosophen ab und zu Karussells im Kopf haben.

PAPA EROBERT DAS PUBLIKUM

Im Kleinen Theater ist alles genau wie in meiner Erinnerung. Nur viel kleiner. Als ich zu der Weihnachtsfeier hier war, waren die Haken in der Garderobe ganz hoch oben angebracht, und ich konnte mit den Beinen baumeln, wenn ich mich auf die Bank an der Wand setzte. Man könnte also meinen, dass ich doch ein bisschen gewachsen bin.

Ich sehe mich nach Papa um. So, wie ich ihn kenne, ist er auf dem Klo, sein Magen wird nämlich immer ein bisschen unruhig, wenn er auftreten soll. In meiner Familie sind wir nicht so ganz für Stress geschaffen.

Aber sicherheitshalber werfe ich einen Blick in den Saal. Und da sitzt tatsächlich in der dritten Reihe ein einzelner Mann, aber es ist nicht Papa, dafür sieht er schon von hinten viel zu elegant aus.

Deshalb gehe ich davon aus, dass meine Klo-Theorie zutrifft. Jetzt muss ich einfach abwarten. Es kann nämlich ganz schön lange dauern, wenn Papa mal muss.

Der Saal ist auch kleiner als in meiner Erinnerung. Aber ich erkenne die grünen Samtvorhänge auf beiden Seiten der Bühne. Dahinter hatte sich immer der Weihnachtsmann versteckt, ehe er mit den Süßigkeitentüten hervorkam. Ich weiß noch immer, dass sein Bart ein bisschen nach Rauch roch. Und dass in meiner Tüte viel zu viele Lakritzschiffchen waren.

Wenn ich mir die Sache genauer überlege, ist es vielleicht das Sinnvollste, hier drinnen zu warten. Denn auf diese Weise kann ich ganz sicher sein, dass Papa sich nicht an mir vorbei auf die Bühne schleicht. Deshalb setze ich mich zwei Reihen hinter den eleganten Mann, ganz ans Ende der Reihe. Bereit zum Eingreifen.

»Äh … hallo?«

Es ist eine Frau mit schwarzer Schminke um die Augen, in einem flatternden roten Kleid. Und sie spricht. Nicht mit mir, sondern zu dem Mann weiter vorn. »Sind … Sie das?«, fragt sie.

Der elegante Mann sieht sie an. »Äh … ja, wird wohl so sein«, sagt er. Aber es klingt vor allem wie eine Frage.

Die Frau lächelt ihn an. »Ja, ich bin also Beate«, sagt sie und setzt sich auf den Platz neben seinem. »Ich bin die, die sich für Astrologie und indische Küche interessiert.« Und dann lacht sie ein bisschen nervös.

Beate. Von meiner Liste. Und mir ist klar, was sie glaubt. Dass der elegante Mann Papa ist. Mein Papa, der sie sozusagen zu einem gemütlichen Treffen im Kleinen Theater eingeladen hat. Weil sie einen Mann sucht.

Ich habe keine Ahnung, wie ich mich verhalten soll. Deshalb sitze ich ganz still da.

»Ach so«, antwortet der elegante Mann ein wenig verwirrt. Er hat ja keine Ahnung, dass er eine Freundin sucht. »Indische Küche, ja«, sagt er dann noch. Und danach trommelt er ein bisschen mit den Fingern.

Es kann ja sein, dass er gern indisch isst. Aber im Moment interessiert er sich sicher vor allem für Hüttentoiletten. Dann trommelt er noch ein bisschen und sagt nichts mehr.

Beate schaut sich um. »Also«, sagt sie erwartungsvoll. »Was passiert jetzt?«

Der Mann sieht sie verständnislos an. »Müssen wohl abwarten«, sagt er.

Beate scheint das richtig spannend zu finden. »Aha«, sie zwinkert ihm zu. »Eine Überraschung? Genau das stand in meinem Horoskop«, vertraut sie ihm an. »Dass ich überrascht werde. Heute.«

Der elegante Mann sieht sie einfach nur an. Er weiß offenbar nicht so ganz, was er sagen soll, aber er trommelt noch immer.

Beate dreht sich um. »Aber was wollen DIE denn hier?«, fragt sie.

Denn inzwischen füllt sich der Saal. Fünf Frauen haben sich im Saal verteilt, und drei von ihnen sehen jedenfalls auch ein bisschen verwirrt aus.

»Die?«, fragt der Mann und sieht sich um. »Dasselbe wie Sie, nehme ich an. Dasselbe wie alle hier.«

»Alle hier?« Ich sehe, dass Beate ein wenig erstarrt. »Soll das heißen, dass die anderen Damen auch eine Einladung bekommen haben?«

Nun lacht der elegante Mann auf eine etwas herablassende Weise. »Natürlich«, sagt er und ahnt nicht, was er damit anrichtet. »Was sollten sie an einem Donnerstagnachmittag denn sonst hier wollen?«

Beate holt Luft. Dann hält sie eine Weile die Luft an. Und

währenddessen hoffe ich, dass sie so eine ist, die ganz still wird, wenn sie sich aufregt.

Aber Beate ist nicht von der schweigsamen Sorte. »Natürlich?«, ruft sie. »Und Sie finden das also ganz in Ordnung?«

Der Mann starrt sie an. Er sieht gar nicht mehr so elegant aus, wie er da auf seinem Sitz herumrutscht und seine Blicke hin und her jagen.

Beate sieht auch nicht mehr so gut aus. Denn ihre schwarz umrandeten Augen werden plötzlich ganz schmal. »Ein Saal voller Frauen, was? Mit denen Sie dann nach Belieben umspringen können, ja?«

Der Mann schaut sich um. Er trommelt jetzt nicht mehr.

»Umspringen?«, fragt er nur. Ziemlich kleinlaut.

Beate wird jetzt noch etwas lauter und schaut sich im Saal um. »Hallo, die Damen«, ruft sie. »Dieser Mann hier ist ein Schwein. Nur, damit ihr das wisst!«

Und dann stürzt sie aus der Tür, während das rote Kleid hinter ihr herflattert. Das Horoskop hatte in einem Punkt jedenfalls Recht: Das war eine ziemliche Überraschung.

Der elegante Mann geht ganz schnell auf die Herrentoilette. Vielleicht muss er sich übergeben. Das kann man nicht wissen.

Ich schaue mich im Saal um. Die Frauen von meiner Liste sind sicher nicht weniger verwirrt, nach dem, was Beate ihnen über das Schwein erzählt hat. Aber sie bleiben sitzen. Unglaublicherweise.

Und ich glaube, ich weiß jetzt, welche Gro ist. Denn

eine Frau in der ersten Reihe hat einen Hund in ihrer Handtasche.

Es ist zwei vor vier, als zwei weitere Frauen sich vor mich setzen. Die eine ist sicher sechzig und hat einen Hängebusen. Die andere sieht ziemlich viel jünger aus.

»Sie haben also auch ... eine Einladung bekommen?«, fragt die Junge. Sie ist knallbraun und guckt verwirrt, und sie hat eine kurzärmlige Bluse und darunter Muskeln. Das muss Siri sein. Die Fitnesstrainerin.

»Ja, das habe ich«, sagt die andere. »Und er hat versprochen, sein ganzes Angebot vorzuführen. Ich habe große Erwartungen.«

Das ist eine von Papas Interessentinnen, das ist klar. Eine, die eine gute Toilette für ihre Hütte sucht. Denn sie wirkt komplett unaufgeregt.

Siri sieht sie an. »Sein ganzes Angebot?«, wiederholt sie. »Sagen Sie, wo sind wir hier eigentlich?« Ihre Augen bleiben an den grünen Samtvorhängen auf der Bühne haften.

»Ach, das ist einfach so ein Saal, den man mieten kann, wenn man feiern möchte«, sagt die Frau mit dem Hängebusen. »Oder wenn man etwas vorführen möchte.«

»Sie meinen, hier gibt es ... Shows?«, Siri klingt ein bisschen ängstlich. Und sie mustert ihre Sitznachbarin von Kopf bis Fuß.

»Ja, es ist schon komisch, was man so alles interessant finden kann«, sagt die andere nickend und lacht.

Ich schlage die Hände vors Gesicht. Papa wird so viele Missverständnisse klären müssen, wenn ich ihm die Zusammenhänge erklärt habe. Das Beste wäre sicher, wenn er auf die Bühne ginge und allen erklärte, wie das Ganze zusammenhängt. Dass er einen Sohn hat, der ihm eigentlich helfen wollte. Aber der ein bisschen Chaos angerichtet hat.

Ich schaue mich um. Vielleicht hat Papa Verstopfung, denke ich. Und vielleicht gehen alle die Leute hier im Saal nach Hause, weil sie keine Lust haben, noch länger zu warten. Darauf könnte ich noch hoffen.

Aber plötzlich wird es dunkel im Saal. Und aus den Lautsprechern kommt diese E-Gitarren-Nummer, die alle in Papas Alter toll finden. »The Fatal Countdown« oder so was. Ich glaube, die Band hieß Europe.

Lange dürfen sie aber nicht spielen. Und in dem Moment, in dem Europe der Strom abgedreht wird, richtet sich ein Scheinwerfer auf die Bühnenmitte.

Dort vor einem großen Banner steht Papa. Mein Papa. In einem Anzug mit einem Mikrofon in der Hand.

Und er hasst doch Überraschungen.

Ich frag ja nur: Wie groß ist die Wahrscheinlichkeit, dass einem so was passiert? In Prozenten und so? Wie hätte ich so etwas voraussehen können, als ich den Aushang im Supermarkt gemacht habe?

Denn das hier hatte ich ja nun wirklich nicht geplant. Nie und nimmer wollte ich, dass Papa da oben auf der Bühne steht und einem Haufen Frauen, die eigentlich einen Freund suchen, etwas über Hüttentoiletten erzählt. Nein, Papa sollte eine Freundin finden. Er sollte gerade gerückt werden. Aber nicht jetzt. Und schon gar nicht hier. Und ich wollte Papa noch warnen, ehe er loslegt. Aber er hat sich die ganze Zeit hinter dem Samtvorhang versteckt. Genau wie der Weihnachtsmann. Was habe ich nur getan? Und: Was tue ich jetzt?

»Hallo, alle zusammen«, sagt Papa mit einer etwas näselnden und ziemlich ungewohnten Stimme. »Ich bin Pål. Und ich habe euch heute Nachmittag hierher eingeladen.« Das Letzte ruft er fast, als ob er Jubel erwartet. Aber besonders viel Jubel gibt es nicht. Es gibt ein bisschen trockenes Händeklatschen, von denen, die wegen der Hüttentoiletten gekommen sind. Sonst ist es still. Aber alle sind voller Erwartung.

»Ich habe euch heute hierher eingeladen, weil ihr qualitätsbewusst seid«, sagt Papa. »Und weil ihr es wagt, neu zu denken! Und in großem Maßstab!«

Papa spaziert einmal über die Bühne, ehe er weiterspricht. Und ich kann sehen, dass er das geübt hat. Lange. »Lasst mich ein wenig mit euch in die Vergangenheit reisen«, sagt er dann. »Vor nicht allzu langer Zeit war es so, dass man immer ins Gebüsch musste, wenn man zu mehreren als nur zu zweit war – falls ihr versteht, was ich meine.«

Jetzt kommt endlich eine Reaktion. Von drei Frauen, die ein bisschen lachen. DENEN ist klar, dass ein Trockenklo schnell voll ist, wenn man mit mehr als zwei Personen in der Hütte Urlaub macht. Und man zum Pinkeln nach draußen ins Gebüsch muss. Aber die Damen von meiner Liste lachen nicht. Sie fragen sich eher, was denn da eigentlich im Gebüsch passieren soll.

»Aber zwei sind zu wenig!«, sagt Papa. »Nicht wahr?«

Neues Schweigen. Aber dadurch gibt sich Papa nicht geschlagen. »Denn wir wollen doch mit vielen zusammen sein. Je mehr, desto besser. Und dann brauchen wir neue Lösungen!«

Ich erkenne meinen eigenen Papa fast nicht wieder. Denn jetzt macht er es wie ein Fernsehmoderator; er geht mit dem Mikrofon hinunter in den Saal. »Sie zum Beispiel«, sagt er und bleibt vor der ersten Reihe stehen. »Was ist das Allerwichtigste für Sie?«

Es ist Gro. Die mit dem Hund. Die ganz bestimmt glaubt, dass Papa wissen will, worauf es ihr in einer Beziehung ankommt.

»Äh«, sagt Gro mit dem Hund. Sie scheint die Frage nicht so gern beantworten zu wollen. Aber Papa drückt ihr das Mikrofon voll ins Gesicht, und am Ende piepst sie: »Sich Zeit lassen, vielleicht?«

Papa sieht sie an. »Sich Zeit lassen«, wiederholt er. Mit dieser Antwort hat er wohl nicht gerechnet. Dann lächelt er ein bisschen verlegen, denn er glaubt sicher, dass Gro so eine ist, die gern lange auf dem Klo sitzt. Und so wie ich Papa kenne, überrascht es ihn ein wenig, dass sie das vor den Ohren des ganzen Saales erzählen mag.

»Sich Zeit lassen, das ist wichtig«, sagt er. »Wie alle wissen, ist Stress ja ziemlich störend für solche ... Angelegenheiten. Und dann ist der Komfort, den ich bieten kann, einfach entscheidend. Und die Hygiene.«

Er zwinkert Gro mit dem Hund zu. »Gleich zeige ich Ihnen, warum.«

Gro zwinkert NICHT zurück.

Dann steht Papa wieder oben auf der Bühne. Und holt Luft, wie vor einer Abschlussnummer. »Wir sind alle unterschiedlich«, sagt er. »Für einige ist der Geruch das Wichtigste, für andere entscheidet das Aussehen. Und hier stehe ich und kann Ihnen alles zusammen anbieten.«

Siri schnappt nach Luft. Gro schaut sich verwirrt um. Bestimmt haben ihnen noch nicht viele Männer das alles auf einmal angeboten.

»Und da frage ich Sie: Sind Sie bereit für eine erstklassige Ausrüstung?«

Es ist deutlich, dass Papa einen Kurs gemacht hat. Und gelernt hat, das Publikum zu erobern.

Es folgt ein peinliches Schweigen, dann sagt jemand ziemlich zaghaft »Ja«. Drei Frauen. Die, die gekommen sind, um sich Toiletten anzusehen. Alle anderen sind still. Sehr still.

Jetzt kann ich sehen, dass Papas Blick ein bisschen unsicher wird. Er hatte bestimmt mit etwas mehr Jubel gerechnet. Aber er ist gut vorbereitet und will sich offenbar nicht geschlagen geben. Also setzt er noch einen drauf:

»Gut!«, sagt er mit sehr lauter Stimme. »Denn ich kann euch richtig gute Ware zeigen.« Und mit einem vielsagenden Blick ins Publikum verschwindet Papa hinter dem Samtvorhang.

Dort hat er seine Ware sicher abgestellt, denke ich. Berg-Knut zum Beispiel. Und den revolutionären Urinablaufschlauch, der sechs Meter lang ist.

Das Mikrofon hat er noch immer in der Hand. Denn gerade jetzt kann der ganze Saal hören, dass Papa sich hinter dem Vorhang an irgendetwas zu schaffen macht. Wenn es wenigstens Süßigkeitentüten wären, denke ich.

Aber niemand in diesem Saal wartet auf Süßigkeiten. Hier warten alle auf die echte Ware.

Dann hören wir hinter dem Vorhang: »Was ihr jetzt sehen werdet, ist ganz einfach eine Sensation!«

Papa kämpft noch immer mit seiner Ware, deshalb knistert es im Mikrofon. »Ich hole ihn nicht oft hervor, und bestimmt glaubt ihr jetzt, dass ich übertreibe. Aber er ist wirklich sechs Meter lang.«

Jetzt heult Gro auf. Und Siri auch.

Und ich hasse es doch, vor Leuten reden zu müssen. Schon acht leere Stühle machen mich nervös. Aber ich kann nicht einfach tatenlos hier sitzen, während Papa erschrocken hinter dem Vorhang hervorlugt. Ohne zu begreifen, was schiefgegangen ist. Warum sechs Frauen aufheulen und zur Tür stürzen.

Nein. Ich habe Papa zu einem Kurs angemeldet, ohne dass er das wusste, und ich habe ihn in dem Glauben gelassen, er sei ein schlechter Verkäufer, als Sonja aus Solviken angerufen hat. Ich kann jetzt nicht so tun, als sei überhaupt nichts gewesen.

Mit zwei Sprüngen stehe ich auf der Bühne und entreiße Papa das Mikrofon. Er schaut mich verdutzt an. »Anton?«, fragt er staunend.

»Hallo, ihr alle«, sage ich ganz schnell und wundere mich darüber, wie laut meine Stimme durch die Lautsprecher klingt. Und überhaupt nicht wie ein Kaninchen.

Einige Frauen bleiben an der Tür stehen. Und nach einem kurzen Stimmengesumm wird alles wieder still.

»Ich bin Anton«, würge ich heraus. »Also, der Sohn ... von ihm.« Ich nicke zu Papa hinüber. »Und ich wollte nur sagen, dass ... dass einige von Ihnen hier sind, um sich über Hüttentoiletten zu informieren. Und einige sind hier, um ... Papa anzubaggern.«

Es ist, als hätte jemand den gesamten Saal auf Pause gestellt. Wenn irgendwer jetzt eine Stecknadel bei sich hätte, würde man die garantiert hören. Auch wenn sie überhaupt nicht herunterfiele.

Ich rede weiter: »Und beides ist ja auch total in Ordnung ... es ist bloß, dass Papa nichts von der Anbaggerei weiß. Er glaubt nicht, dass irgendwer hier sich für ihn interessiert. Er glaubt, dass alle sich für Klos interessieren.«

Ich hole Luft. »Und das alles, weil ich im Laden einen Aushang gemacht und dann die Namen auf eine Liste geschrieben habe, und Papa hat die gefunden ... er ist also nicht verrückt. Er ist nur ein bisschen in der Schieflage.«

Der Scheinwerfer sticht mir in die Augen, es ist schwer zu erkennen, was unten im Saal passiert. Aber alle sind mucksmäuschenstill. Papa auch. Er steht immer noch halb hinter dem Vorhang und geht bestimmt im Kopf noch mal alles durch, was er hier gerade alles gesagt hat. Und wie das bei den Kontakt suchenden Frauen wohl angekommen ist.

»Er hat einfach nie Zeit für eine Frau gehabt«, füge ich hinzu.

Jetzt kommt Papa zu mir und zieht mich ein bisschen am Arm. »Äh ... Anton«, sagt er schräg ins Mikrofon. »Ich glaube, wir reden zu Hause weiter.«

Aber ich merke, dass ich noch nicht fertig bin. »Er musste auf mich aufpassen«, sage ich noch. »Und ich war noch nicht einmal gewollt. Ich war ein Unfall, ein Riss im Gummi ...«

»Anton?« Das ist wieder Papa. Mit etwas kräftigerer Stimme. Und jetzt nimmt er mir das Mikrofon weg, fast ein bisschen brutal.

»Es tut mir leid«, sagt er zu den Menschen im Saal. »Wie Sie jetzt gehört haben, gab es hier Dinge, die ich ... nicht ganz im Griff hatte.«

Er lacht ein wenig hilflos. »Ich wollte Ihnen doch nur ein paar Hüttentoiletten zeigen.«

Zuerst ist es still. Aber dann passiert das Seltsame: Kurz darauf fangen die Frauen im Saal an zu lachen. Erst nur eine oder zwei, aber dann, als allen sozusagen auf einmal aufgeht, dass das erlaubt ist, legen sie los, eine lauter als die andere. Vielleicht, weil Papa einen sechs Meter langen Urinablaufschlauch in der Hand hält, als er das alles sagt. Oder vielleicht, weil alle sehr froh darüber sind, dass er doch kein perverses Schwein ist.

Ich lache nicht. Ich sehe nur Papa an. Und hoffe, dass er mich ansieht. Aber das tut er nicht. Er sieht in den Saal hinaus, wie ein Komiker, der zum ersten Mal das Publikum zum Lachen gebracht hat.

Und das scheint ihm zu gefallen. Sehr gut sogar.

Er sieht mich auch nicht an, als er mir den Arm um die Schulter legt und mich schüttelt.

»Ich habe hier wohl einen kleinen Schelm, der findet, dass Papa eine Freundin braucht«, sagt er, mich immer noch schüttelnd, und lässt den Saal dabei nicht aus den Augen.

Aber jetzt reiße ich das Mikrofon an mich. Und merke, dass ich etwas Wichtiges sagen möchte. Etwas darüber, wie hart ich gearbeitet habe, nur für Papa. Und wie schwierig es sein kann, wenn man nur ein Riss im Gummi ist.

Aber stattdessen stehe ich nur da und hole Luft. Ein bisschen zitternd, wie kurz vorm Weinen. Und nach und nach hört das Publikum auf zu lachen. Eine nach der anderen. Stattdessen kommt es mir vor, als ob sie jetzt alle mit mir zusammen atmen, wirklich alle. Aber das ist auch keine besondere Hilfe.

Das Erste, was ich ins Mikrofon rufe, ist: »Warum konntest du nicht einfach Rechtsanwalt oder Zahnarzt werden?«

Und danach rufe ich: »Und warum bäckst du nie Zimtschnecken?«

Dann schlucke ich dreimal, während alle still sind.

»Und warum kannst du nie etwas auf meine Banane schreiben?«, schreie ich und renne aus dem Saal.

GEH AUS, MEIN HERZ

Es ist fünf Uhr, als ich vor Ines Tür stehe. Ine hat ein Herz daran gehängt, es sieht ein bisschen aus wie kurz vor Weihnachten. Aber das werde ich ihr nicht sagen.

»Hast du ihn gerettet?«, fragt Ine, als sie aufmacht.

Ich denke an das Letzte, was ich zu Papa gesagt habe, ehe ich aus dem Saal geflohen bin. Und an das Letzte, was ich geschrien habe. Über die Banane. Und dann hoffe ich, dass Ine nicht sieht, dass meine Augen am Rand ein bisschen rot sind.

»Kann sein«, sage ich nur. Und dann reden wir nicht mehr darüber. Ich werde später über alles nachdenken. Ziemlich viel sogar. Aber zuerst werde ich Ine helfen, meiner besten Freundin.

Sie hat sich in der vergangenen Stunde wirklich große Mühe gegeben, das kann ich sehen. Auf dem rot karierten Esstisch stehen Schüsseln mit Frikadellen und Käsestücken und lauter Dingen, deren Namen ich nicht weiß. Und die Servietten auf den Tellern haben rote Herzen, auf denen »Love« steht.

Ine lächelt, fast ein bisschen verlegen. »Ich muss nur noch die Kerzen anzünden«, sagt sie.

Plötzlich fällt mir etwas auf. Etwas an Ine, das ungewohnt

ist. Sie ist nervös, ganz echt nervös. Und obwohl ich alles andere als entspannt bin, nach allem, was ich in der vergangenen Stunde durchgemacht habe, versuche ich dennoch, sie zu beruhigen. So gut ich kann.

»Das wird richtig gut«, sage ich. »Und ich bin sicher, dass sie sich wieder ineinander verlieben.«

»Glaubst du?«, fragt Ine.

»Ja«, sage ich. »Ganz klar.«

Dann ziehe ich eine Rose aus der Tüte, die ich mitgebracht habe. »Die legen wir aufs Klavier«, sage ich. »Bis du spielst. Ist das nicht auch ein bisschen französisch?«

Nun sieht Ine mich an und lächelt. Und mein Gesicht wird wieder heiß.

»Machst du das Badezimmer?«, fragt Ine dann. »Damit ich solange üben kann?«

Natürlich mache ich das Badezimmer. Ich habe ja im Fernsehen gesehen, wie das geht. Es ist außerdem ganz schön angenehm, Klaviermusik zu hören, während man etwas vorbereitet. Und Ines Badezimmer ist viel gemütlicher als meins und Papas.

Zuerst lasse ich Wasser in die Badewanne laufen. Ziemlich heißes, denn es soll ja noch warm sein, wenn Ines Eltern so romantisch geworden sind, dass sie baden wollen. Und danach zupfe ich die Blütenblätter von neun roten Rosen. Die von acht lasse ich in die Badewanne rieseln, die letzte wird zu einem romantischen kleinen Weg von der Tür her.

Dann bleibe ich eine Weile stehen, um mein Werk zu evaluieren oder wie das heißt. Und auch wenn ich kein Experte für

Badewannen bin: Ich sehe doch, dass es ganz toll aussieht. Also kann ich heute wenigstens eins richtig machen. Das ist doch immerhin etwas.

Aber ich muss schon sagen, es ist ganz schön heiß in diesem Badezimmer. Geradezu wahnsinnig heiß. Die Fußbodenheizung ist voll aufgedreht, obwohl es doch fast Sommer ist.

Ich ziehe mein T-Shirt aus. Ein nackter Oberkörper macht sich zwar besser mit Muskeln. Aber zum Glück sieht mich hier ja niemand.

Die Duftkerzen, die ich gekauft habe, brennen offenbar fünf Stunden lang, das lese ich auf der Packung. Und das ist eine gute Nachricht. Denn selbst, wenn ich sie jetzt anzünde, werden sie noch immer brennen und nach Kaugummi und Sommer riechen, wenn Ines Eltern in romantische Stimmung gekommen sind.

Aber ich habe ein bisschen schlecht geplant. Denn eigentlich würden sich ein paar Duftkerzen auf der Fensterbank über der Badewanne gut machen. Da oben können sie am wenigsten Schaden anrichten.

Das Problem ist bloß, dass ich nicht bis an die Fensterbank hochreiche, ohne in die Badewanne zu steigen. Und ich kann doch nicht in eine Badewanne voller Wasser steigen, ohne bis hoch über die Knie nass zu werden.

Nein. Die Hose muss runter. Und nun fällt mir noch mehr ein, was ich im Kleinen Theater ins Mikrofon hätte rufen können: Warum wäschst du nie Unterhosen?, hätte ich rufen können. Denn ich habe die Badehose mit den Seesternen ganz schön satt.

Ich ziehe schnell die Hose aus. Für einen Moment spiele ich mit dem Gedanken, die Tür abzuschließen, aber dann höre ich, dass Ine im Wohnzimmer noch immer Klavier spielt. Und es dauert ja nicht lange, ein paar Duftkerzen anzuzünden.

Rasch zünde ich zwei Kerzen auf der Fensterbank an und stelle die Weingläser dazwischen. Und ich finde, es sieht richtig gut aus. Da müssten Ines Eltern doch zufrieden sein. Sogar ihr übellauniger Vater.

Aber in diesem Moment – als ich in der zu engen Badehose und mit einem Streichholz in der Hand in Ines Badewanne stehe – höre ich vor der Tür Schritte. Solche schweren, eiligen Schritte, die genau zu wissen scheinen, wohin.

Danach kriege ich nicht mehr so ganz mit, was passiert. Wahrscheinlich rutsche ich aus. Vor Schreck. Denn ich merke, dass ich plötzlich auf dem Hintern sitze. In der Badewanne. Mit Wasser und Rosenblättern fast bis zum Hals.

Wer hereinkommt, ist Ines Vater. Viel zu früh. Er bemerkt mich nicht einmal. Denn zuerst sieht er den Boden an. Und die Rosenblätter. Danach steht er vor dem Spiegel über dem Waschbecken, in dem mein T-Shirt liegt. Und dann entdeckt er die Flasche mit der Apfellimo auf dem kleinen Tisch.

Es ist unglaublich, wie viel man in kurzer Zeit denken kann. Ich kann zum Beispiel daran denken, wie mir Ines Vater im Supermarkt begegnet ist. Daran, dass er glaubt, dass ich gern so allerlei mit Kondomen erforsche, und es daher VOLLKOMMEN AUSGESCHLOSSEN war, dass Ine mit mir bei Ole übernachtet. Und daran, was in aller Welt er denken wird, wenn er mich in einer Badewanne voller Rosenblätter findet.

Erst, nachdem ich das alles gedacht habe, sieht mich Ines Vater. Zuerst als ob ich eine Art Kulisse wäre. Danach wie eine Luftspiegelung oder so was.

Und als er sozusagen zum Leben erwacht und brüllt: »WAS ZUM TEUFEL!«, schieße ich wie eine Rakete aus der Badewanne.

Ich werde versuchen, mich auch noch daran zu erinnern, wenn ich erwachsen bin: Rosen sind einfach perfekt. Denn ich wüsste doch gern, was passiert wäre, wenn Ines Papa mich jetzt erwischt hätte. Aber da er auf dem Pfad aus roten Rosenblättern ausrutscht, gewinne ich einen Vorsprung. Und ich kann mich gerade noch in dem Klo einschließen, das hinter dem Badezimmer liegt. Kurz vor knapp.

»Was zum TEUFEL soll das eigentlich?«, ruft Ines Vater durch die Tür. Er hat eine sehr kräftige Stimme. Und sehr kräftige Fäuste. Die kriegt man sicher, wenn man dauernd Autos wäscht. Und als er an die Tür hämmert, hört es sich an, als ob er mindestens acht hätte. Fäuste, meine ich.

Ich halte mir die Ohren zu. Ines Vater macht einen solchen Krach, dass ich nichts sagen kann. Und ich habe zudem das Gefühl, dass er mir nicht glauben würde, wenn ich doch etwas sagte. Die Beweise sind sozusagen zu stark. Und ich bin zu schwach.

Aber nach einer Weile wird es seltsam still. Ich lasse die Hände von den Ohren sinken.

Vielleicht versucht er mich auszutricksen? Vielleicht hofft Ines Vater, dass ich mich in Sicherheit wiege, während er in Wirklichkeit mit seinen Fäusten vor der Klotür steht? Aber so dumm bin ich nicht.

Ich schaue mich um. In Ines Toilette gibt es ein Fenster. Und ich bin ziemlich sicher, dass gleich darunter die Veranda liegt.

So etwas würde man wahrscheinlich als paradox bezeichnen: dass ich mir mein Leben lang schon wünsche, größer zu sein. Größer und stärker und mit richtig breiten Schultern. Aber gerade jetzt, wo es vermutlich um Leben und Tod geht, wünsche ich mir plötzlich aus tiefstem Herzen, ich wäre kleiner. Ein dünner Hänfling. Denn das Fenster in Ines Klo ist sehr klein.

Plötzlich höre ich wieder Geräusche. Aber jetzt sind sie ganz anders. Es ist nicht das Geräusch von hämmernden Fäusten, sondern von etwas Kleinem und Metallischem, das in ein Schlüsselloch geschoben und hin und her gedreht wird. Ines Vater versucht das Schloss aufzustochern.

»Warte nur«, murmelt er dort draußen, und ich kann hören, dass seine Zähne aneinander festkleben.

Und nun denke ich, dass das Fenster in Ines Klo eigentlich doch nicht so klein ist. Und dass ich auf Ines Veranda landen werde, wenn ich mit den Beinen zuerst hinauskriechen kann, und von Ines Veranda kann ich dann in den Garten springen und mich in Sicherheit bringen.

Draußen ist noch immer gutes Wetter. Als ich das Fenster öffne, höre ich Gitarrenklänge und viele frohe Stimmen. Und ich denke: So ungerecht ist die Welt! Die einen schweben in Lebensgefahr, während die anderen Lieder singen. Denn das, was ich da höre, ist sicher Kevins Gartenfest, mit Gasgrill und Ballons an den Bäumen. Und von denen sagt niemand mit zusammengebissenen Zähnen »Warte nur«.

Es ist seltsam, wie kreativ man werden kann, wenn das Leben auf dem Spiel steht. Ich stelle fest, dass ich die Hände auf Ines Klodeckel stemmen kann, um dann die Beine durchs Fenster zu schieben, und wenn ich mich dann mit den Händen vom Klodeckel nach oben drücke, müsste mir meine Flucht eigentlich gelingen.

Aber es ist ganz schön schwer, wie Gewichtheben oder so. Und ich staune geradezu darüber, dass ich so starke Arme habe. Also habe ich doch Muskeln dort, auch wenn ich sie nicht sehen kann. Trotz allem.

Jetzt fängt der Chor da draußen an zu singen. Und während ich meine Beine und immer mehr von meinem Hintern aus dem Fenster schiebe und Ines Vater derweil im Schloss herumstochert, um hereinzukommen und mich ganz bestimmt umzubringen, stimmen sie da draußen »Lachend kommt der Sommer« an. Im Kanon.

Eigentlich müssten Fensterrahmen aus weicherem Material hergestellt werden. Aus Gummi zum Beispiel. Denn das Holz schabt meinen Bauch und meine Flanken auf, als ich mich aus dem Fenster aale. Aber jetzt ist immerhin mein ganzer Hintern draußen. Das ist eine Art Durchbruch, denn mein Hintern ist doch mein dickster Körperteil. Der Rest wird kein Problem sein. Ich drehe und winde mich und beiße die Zähne zusammen, das hier tut wirklich richtig weh. Aber Adrenalin soll doch betäubend wirken, habe ich gehört.

Im Grunde ist es schon komisch, dass ich über meinen eigenen Körper nicht mehr weiß. Denn es dauert eine ganze Weile, bis ich einsehe, dass mein Hintern überhaupt nicht mein dickster Körperteil ist. Mein dickster Körperteil ist mein Brustkasten, den ich mir immer breiter gewünscht habe. Und jetzt versuche ich also, alle Luft aus meiner Lunge herauszuatmen, um meinen Brustkasten kleiner zu machen.

Aber das hilft nichts. Es hilft kein bisschen. Und während ich merke, dass alles Blut in meinem Kopf irgendwie kalt und dünn wird und anfängt zu prickeln, geht mir auf: Ich stecke fest. Und mein Hintern hängt vor Ines Klofenster. In Speedo-Badehose.

»VERDAMMT!«, brüllt Ines Vater, als der Klotürschlüssel auf meiner Seite der Tür herausfällt.

»Geh aus, mein Herz, und suche Freud«, singt der Chor jetzt dort draußen im Garten.

»Hilfe«, jammere ich, während ich aus dem Fenster hänge. Vorder- und Hinterteil am falschen Ort. Zur ganz falschen Zeit.

»Die Lerche schwingt sich in die Luft«, höre ich von Kevins Gartenfest. Ehe der Gesang abbröckelt und irgendwer anfängt zu rufen.

Und wie ich da so im Fenster hänge, denke ich nur einen Gedanken: Ach, könnte ich mich doch auch in die Luft schwingen!

Die Feuerwehr beeilt sich nicht mehr als unbedingt nötig. Papa ist sogar lange vorher da.

Ich höre seine Stimme auf der anderen Seite meines Hinterns, vor dem Fenster. Ziemlich leise, deshalb muss er rufen. Der Chor singt zudem jetzt wieder und übertönt ihn fast.

»Anton!«, ruft er, »alles wird gut!« Seine Stimme klingt aber absolut nicht so. Sie klingt eher verzweifelt.

»Bist du böse auf mich?«, rufe ich.

»Nein!«, ruft Papa. »Aber ich stehe auf einer Leiter.«

»Wo ist denn die Veranda?«, rufe ich.

»Hier jedenfalls nicht!«, ruft Papa.

Und da denke ich zwei Dinge. Das erste ist, wenn ich keinen so breiten Brustkasten hätte, dann wäre ich sicher fünf Meter tief in Ines Garten gestürzt.

Und das Zweite, was ich denke, ist, dass Papa Höhenangst hat. Und dass er trotzdem fünf Meter hoch auf eine Leiter geklettert ist. Meinetwegen.

»Ich wollte doch nur Sinnstifter werden!«

»Wie denn das?«, ruft Papa.

»Ich musste dich gerade rücken. Wie die Erde.«

Ich glaube, dass Papa gerade nicht besonders viel kapiert. Das ist vielleicht auch nicht so leicht, wenn man Höhenangst hat und auf einer Leiter steht. Der Weltraum ist sicher das Letzte, woran man dann denken mag.

»Anton«, sagt Papa. »Ich finde, du bist ein feiner Kerl.«

Ein feiner Kerl. So was hört man normalerweise ja eher nicht. Und wie ich hier so in der Luft hänge, merke ich plötzlich, dass meine Augen ziemlich feucht werden. Und in diesem Moment finde ich es ganz schön, ein feiner Kerl zu sein.

Ich hänge eine Weile ganz stumm da, dann schniefe ich zweimal, ehe ich sage: »Ich finde, du bist auch ein feiner Kerl.«

Ich füge hinzu: »Und es ist total in Ordnung, dass du Toiletten verkaufst.«

Papa schweigt da draußen eine Weile. »Der Sommer fährt dahin«, singt der Chor, während ich mir mit dem Handrücken die Tränen abwische und noch ein bisschen schniefe.

»Ich bin sehr froh darüber, dass …« Papa sagt etwas, aber

der Schluss des Satzes schafft es nicht, sich an mir und meiner Badehose vorbeizuquetschen.

»Was hast du gesagt?«, rufe ich.

»Ich bin sehr froh darüber, dass das Kondom geplatzt ist«, ruft Papa.

»Echt?«, schniefe ich.

»Ja«, ruft Papa. »Und wenn du willst, kann ich gern anfangen, was auf deine Banane zu schreiben.«

Jetzt hat der Chor aufgehört zu singen. Schon vor einer ganzen Weile.

Ich habe nun jedenfalls etwas, das ich meinen Enkelkindern erzählen kann. Wenn ich welche kriege. Denn nicht alle werden von zwei uniformierten Feuerwehrleuten aus einem Fenster losgesägt.

»Du kannst immerhin froh sein, dass gutes Wetter ist«, sagt der eine. Der hat gut reden. Die Sonne ist schließlich schon untergegangen und ich habe viel weniger an als er. Andererseits war ja nur die eine Hälfte von mir im Freien. Aber als sie mich vorsichtig aus dem Fensterrahmen befreien und mich in so eine Art Korb heben, der oben an der Feuerwehrleiter dran ist, friere ich so sehr, dass ich mit den Zähnen klappere.

Papa darf sich auch in den Korb setzen. Er hat die ganze Zeit auf der Leiter neben mir gestanden. Jetzt zieht er seine Jacke aus und legt sie mir um die Schultern.

Und während wir langsam zu Boden gelassen werden, ist der Chor in Kevins Garten so liebenswürdig, die Nationalhymne anzustimmen. Obwohl der Nationalfeiertag doch schon lange vorbei ist.

Aber das Seltsamste von allem ist, dass ich nicht verlegen bin. Vielleicht, weil ich kein Adrenalin mehr im Leib habe, was weiß ich. Stattdessen mache ich mit den Fingern das Victory-Zeichen und winke den Leuten da unten zu.

Und obwohl ich da in meiner Speedo-Badehose stehe und so große und sinnlose Ohren habe wie immer schon, denke ich: Vielleicht hat Dumbo sich genauso gefühlt, als ihm aufging, dass seine Ohren doch zu etwas zu gebrauchen waren. Oder als dem hässlichen Entlein plötzlich aufging, dass es ein Schwan war.

Denn ich habe das Gefühl zu fliegen. Als ob ich sinnstiftend und ein feiner Kerl bin. Und als ob alles gut wird.

Ines Papa dagegen sieht ein bisschen verlegen aus. Er steht hinten bei der Garage und raucht eine Zigarette. Das habe ich noch nie gesehen.

Und dort unten, gleich unter uns, steht doch tatsächlich die Elektrikerin. Mit Lippenstift. Ich hatte ja keine Ahnung, dass auch sie in diesem Chor mitsingt.

Alle applaudieren, als unser Korb auf den Boden aufsetzt. Und als ich heraussteige, kommt Kevin wie zufällig vorübergeschlendert. »Weißt du, Anton«, sagt er und grinst. »Du hast wirklich den schärfsten Speedohintern, den ich je gesehen habe.«

Ich lächele nur. Denn in diesem Moment merke ich, dass Kevin mir ganz einfach egal ist. Er kann so große Muskeln oder so schöne Haare haben und ein so guter Tänzer sein, wie er nur will, aber mir ist das egal. Und was er sagt, erst recht.

Ine sieht das anders. Denn plötzlich steht sie da, genau vor ihm, mit wütend gerunzelter Stirn.

»Und du hast den kleinsten Schwanz in der Klasse«, knallt sie ihm an den Kopf.

LIEBE IST MAL SO UND MAL SO

Vieles an Papa gefällt mir. Dass er die gleiche Sorte Pizza mag wie ich, zum Beispiel. Und dass er es absolut in Ordnung findet, die Füße auf den Tisch zu legen.

Aber heute Abend schaltet keiner von uns den Fernseher ein. Stattdessen sitzen wir zusammen und reden.

Ziemlich viel über den Weltraum und ein bisschen über Alphamännchen, die anderen Leuten Kondome in die Tasche stecken.

»Alphamännchen habe ich noch nie leiden können«, sagt Papa.

»Frauen, die schrecklich laut lachen, habe ich noch nie leiden können«, sage ich. »Oder solche, die stricken.«

Da lacht Papa. Schrecklich laut sogar.

»Ich auch nicht«, sagt er. Und dann erzählt er mir etwas Seltsames. Über die Elektrikerin.

Denn sie singt überhaupt nicht in diesem Chor. Sie stand vor Ines Haus, weil sie mit Papa zusammen gekommen war. Weil die beiden eigentlich zum Essen verabredet waren. Zum Essen! Sie hatten ein Date, ganz einfach! Papa und die Elektrikerin.

Wo er sich doch eigentlich eine Traumfrau aus dem Wald

gewünscht hat. Aber dann ist die Traumfrau aus dem Sicherungskasten aufgetaucht.

»Meinst du, ihr werdet heiraten?«, frage ich.

»Nein«, sagt Papa. »Ich glaube, dazu ist sie nicht ganz der Typ. Aber vielleicht haben wir dann irgendwann so eine Wochenendbeziehung. Oder vielleicht auch nicht.«

Aber er sieht gar nicht traurig aus, als er das sagt. Kein bisschen.

Dann klingelt sein Handy und ich denke weiter über den Weltraum nach, während Papa in der Küche telefoniert. Und ich frage mich, ob man von einer Wochenendfreundin gerade gerückt werden kann.

»Okay«, beendet Papa das Telefongespräch, als er wieder zu mir hereinkommt. Seine Stimme klingt jetzt ganz anders. »Ich schicke Anton mal auf die Suche.«

Er legt sein Telefon auf den Wohnzimmertisch und wartet ein bisschen, ehe er redet. Ich sehe ihn fragend an. Denn etwas stimmt hier nicht.

»Ines Eltern lassen sich scheiden«, sagt er. »Das haben sie ihr heute Abend gesagt.«

»Heute Abend?« Ich höre auf, an den Weltraum zu denken. Und ich fange an, sehr viel an Ine zu denken. Wo sie sich doch solche Mühe gegeben hat. Mit Lippenstift am Spiegel und »Freu dich auf heute Abend«. Mit der rot karierten Tischdecke und den Servietten mit den Herzen. Und dann ausgerechnet heute – an ihrem Hochzeitstag!

Papa sieht mich an. »Und jetzt ist sie verschwunden.«

»Verschwunden?«, frage ich. »Wohin denn?«

»Das wissen sie ja eben nicht«, sagt Papa. »Ihr Vater fährt mit dem Auto die Gegend ab und sucht sie. Er hat von unterwegs angerufen.«

Ich gehe hinaus auf den Gang und ziehe meine Turnschuhe an.

»Und ich soll dich grüßen und dir Entschuldigung sagen!«, ruft Papa hinter mir her, als ich aus der Wohnung laufe.

Draußen wird es jetzt dunkel, aber nicht unheimlich, sondern nur sommerdunkel, wenn alles trotzdem noch so grünlich schimmert. Ich setze mich auf mein Fahrrad. Das Fahrrad, das ich vor einigen Wochen ganz allein geflickt habe, als Papa so ganz nebenbei erzählte, was bei einem Riss im Gummi alles für seltsame Dinge passieren können.

Seltsame Dinge, ja. Da hat er was Wahres gesagt. Und ich denke ziemlich viel darüber nach, als ich den Hang hoch- und an Ines Haus vorbeistrampele, wo noch vor wenigen Stunden ein riesiges Feuerwehrauto stand. Und dann fahre ich vorbei an Oles Haus, wo ich höhnisch gelacht habe, als er wissen wollte, ob ich in Ine verliebt bin.

Aber als ich das Wäldchen erreiche, höre ich auf zu denken. Und ich lasse das Fahrrad fallen, denn es ist ziemlich schwer, in der Dämmerung einen winzigen Waldpfad entlangzuradeln.

Ich kann unsere beiden Bäume ein Stück vor mir sehen. Und obwohl es dunkel ist, weiß ich, dass sie hellgrüne Birkenblätter haben und solche weißen Stämme mit schwarzen Flecken. Und ich weiß, dass Ine darunter im Gras sitzt und traurig ist.

»Du darfst kein Feuer machen, wenn es so trocken ist«, sage ich.

Ine dreht sich nicht um. Sie hockt mit dem Rücken zu mir da und reißt Papier in Fetzen.

»Ich hab Wasser mit«, sagt sie mürrisch.

»Okay«, sage ich und setze mich neben sie ans Feuer.

Und jetzt sehe ich, was für Papierfetzen Ine in die Flammen wirft, einen nach dem anderen, winzig kleine Stücke. Es sind Noten. Klaviermusik.

»Das war nicht deine Schuld«, sage ich.

»Weiß ich«, sagt Ine. Sie reißt weiter und ich schweige. Am Ende sind keine Papierfetzen mehr übrig. Nun gießt Ine Wasser darüber, aus einer Flasche. Und dann starrt sie lange in die nasse Asche.

»Und ›Clair de lune‹ war auch nicht schuld«, sage ich.

»Weiß ich auch«, sagt Ine.

»Es war nur die Liebe«, sage ich. »Die ist mal so und mal so.«

Ine sagt nicht noch einmal »Weiß ich«. Denn jetzt schafft sie es offenbar nicht, noch viel mehr zu sagen. Stattdessen legt sie das Gesicht auf die Knie und gibt fast keinen Laut von sich. Aber ich kann sehen, dass ihr Rücken ein bisschen zittert.

Und nun hebe ich den Arm und lege ihn um sie. Zuerst ohne darüber nachzudenken, als ob es ganz natürlich wäre, den Arm um ein Mädchen zu legen, wie Milch zu trinken oder den Fernseher einzuschalten. Aber dann, während mein Arm noch immer dort liegt, scheint der Rest von mir so langsam zu begreifen, was passiert, von ganz tief im Bauch bis in die Haarwurzeln: dass ich den Arm um Ine gelegt habe, Ine, meine beste Freundin. Und dass ihr Rücken warm ist und dass ihre Haare nach Sommer riechen.

Und dass das alles Wirklichkeit ist, in diesem Moment.

ASTRONOMISCHES GLEICHGEWICHT

»Anton, bist du so weit?«

Das hat Papa gerufen. Er steht in Anzug und Hemd draußen auf dem Gang und wartet auf mich.

»Moment noch«, sage ich im Badezimmer.

»Du hast dir doch wohl nicht wieder das Joop geschnappt?«, fragt Papa ängstlich.

Nein. Aber ich habe gerade eine Entdeckung gemacht. Mein schwarzes Haar ist nicht mehr allein. Und diese Entdeckung hat mich ein wenig aufgehalten.

Ich ziehe mich an und lache, als ich herauskomme. »Sieht das gut aus?«, frage ich und drehe mich vor Papa. In Anzug und mit meinem eigenen Schlips, und überaus zufrieden mit dem einen oder anderen.

Papa und ich lächeln uns an. »Fast wie ein Alphamännchen«, sagen wir wie aus einem Munde.

Und dann machen wir das, was wir immer machen, wenn wir etwas gleichzeitig sagen. Wir legen die kleinen Finger aneinander und wünschen uns etwas. Ganz geheim.

Danach gehen wir. Aber schon bei dem roten Briefkasten an der Ecke bleiben wir wieder stehen. »So«, sagt Papa und wirft einen dicken Briefumschlag ein. Und dann lächeln wir uns wieder zu. Denn ich weiß, was in dem Umschlag steckt. Ein Strickzeug. Und das ist nicht drei Kilometer lang, ganz bestimmt nicht. Es ist ziemlich klein, und zwei Stricknadeln stecken darin. Und dabei liegt ein Brief, in dem steht, dass Papa leider zu der Erkenntnis gekommen ist, dass ihm Elektrikerinnen eher zusagen als Frauen, die laut lachen und ihn auf Veranstaltungen schleifen, die er gar nicht besuchen will.

Der Brief ist an Ulla.

Vor der Turnhalle steht Lars und nimmt uns in Empfang. Er trägt ein gestreiftes Hemd und drückt unsere Hände, als wir hineingehen. »Willkommen zum Schulabschlussfest«, sagt er, zu allen Schülerinnen, Schülern und Eltern.

Das Festkomitee hat die Turnhalle mit Birkenlaub und Frühlingsblumen geschmückt, und zwei lange Tische sind zusammengeschoben und mit Kerzen und Servietten gedeckt worden. Es ist seltsam, dass eine Turnhalle so gemütlich aussehen kann.

Vor der einen Querwand steht noch ein Tisch. Und darauf stellen alle Eltern ihren Kuchen ab. Brownies und Käsekuchen und Marzipantorte, verziert mit Obst und Beeren und bunten Streuseln.

Papa schaut sich um. Dann schiebt er den Rosinenkuchen, den er gekauft hat, zwischen zwei Käsekuchen. Und dann kichern wir beide.

Ines Eltern haben sich schon gesetzt. Nebeneinander, in die erste Reihe. Sie reden sogar miteinander, es sieht ganz normal aus. Und Papa setzt sich neben sie. Ich finde es ein bisschen komisch, dass zwei Männer auf einmal so gute Freunde werden, bloß weil sie erfahren haben, dass ein armer Junge doch keine Kondome gekauft hat.

Danach kommt Oles Familie. Mit einem riesigen Korb voller Zimtschnecken. Sie sehen so froh aus, alle drei scheinen vor Oxytocin geradezu zu strotzen. So, als ob sie anderen davon noch etwas abgeben könnten.

Aber als Allererstes müssen sich alle Schüler in dem Raum neben der Turnhalle versammeln, dort, wo die dicke Matte steht. Denn jetzt kommt die Polonaise, das heißt, wir sollen in Paaren hintereinander durch die Elternmenge auf die Bühne marschieren. Damit die Eltern so richtig losheulen können, wenn sie Lust dazu haben.

»Hallo.« Vor mir steht Ine. Mit hochgesteckten Haaren und hellblauem Kleid mit einer Blume dran.

»Hallo«, sage auch ich.

»Schöner Schlips«, sagt Ine.

»Schöne Blume«, sage ich.

Und dann bringt Anne uns zum Schweigen. »Fertig?«, fragt sie. »Stellt euch zu Paaren auf und reiht euch dann hinter mir ein.«

Ine sieht mich an, ich sehe Ine an. Und dann stellen wir uns hinter Anne an, Hand in Hand.

Hinter uns steht Ole neben Emilie.

»Viel Glück«, flüstert er.

»Viel Glück«, flüstern wir zurück.

Das CD-Gerät legt los. »*Napoleon und sein Heer zogen durch die Alpen dahin*«, scheppert es aus dem Lautsprecher. Und dann gehen wir. Durch die Turnhalle, in Kleidern und Anzügen, humpelnd oder marschierend, groß oder klein. Vorbei an Taschentüchern, Eltern und Kameras, Hand in Hand, bis auf die Bühne.

Noch immer filmen viele, als Lars erzählt, was wir für eine wunderbare Klasse waren und was in uns steckt, in uns allen.

Nicht ganz so viele filmen, als die Rektorin auf die Bühne steigt und genau dasselbe sagt. Aber alle klatschen laut und lange, als alle Lehrer Blumen und Pralinen und ein Witzebuch als Dankeschön bekommen, denn auch sie waren wunderbar.

»Und nun«, sagt Anne, »möchte sich die siebte Klasse mit einem Lied verabschieden. Seid ihr bereit, Jungs und Mädels?«

Die Eltern sind es jedenfalls. Kameras schnellen in die Luft.

Ine zupft mich am Arm. Ich sehe sie an. Wir sind offenbar nicht bereit, Ine und ich. Denn jetzt bücken wir uns und schleichen uns hinter den anderen vorbei hinter den Bühnenvorhang. Ohne dass irgendwer uns sieht.

»Komm«, sagt Ine.

Ich folge ihr aus dem Bühneneingang und dann weiter um das Schulhaus und danach durch die Hintertür zurück in die Turnhalle. Hinter die Eltern, ganz leise.

Ine schiebt mich in den kleinen Raum mit der dicken Matte. Die Schiebetür steht offen und wir haben einen guten Blick auf die Bühne.

»Was machen wir?«, flüstere ich.

»Sieh mal«, sagt Ine und nickt zur Bühne hinüber.

Dort steht unsere Klasse. Kevin und Sara und Emilie und die ganze Bande. Mit denen wir sieben Jahre lang zur Schule gegangen sind. »*Das sind wir, das sind wir – die Geschwister von morgen*«, singen sie, und sie sehen reizend aus.

»Wart's ab«, sagt Ine.

Und dann ist das Lied zu Ende. *HURRA FÜR UNSERE SCHULE* soll zu lesen sein, wenn Vilde und Emilie und Kevin ihre Plakate in der richtigen Reihenfolge hochgehoben haben.

Es sieht vielversprechend aus. Vilde hebt das *HURRA* hoch und Emilie das *FÜR*. Beide Plakate sind mit Blumen und Ballons verziert. Und nun ist Kevin an der Reihe. Er schleudert auch diesmal seine Haare ein bisschen, ehe er sein Plakat hochhebt. Auf dem aus irgendeinem Grund nicht steht *UNSERE SCHULE*.

Sondern *KONDOME ZU JEDER GELEGENHEIT!*

Alle Eltern haben es sofort gelesen. Kevin nicht. Er lächelt noch immer und schleudert seine Haare, auch als die Eltern schon lachen. Und immer weiter filmen.

Oscar macht ihn dann auf die Sache aufmerksam. Und dann verstecken Ine und ich uns noch weiter hinten hinter der dicken Matte.

»Du bist verrückt«, sage ich und kichere.

»Ja«, sagt Ine.

Und dann passiert das Seltsamste, was in meinem Leben je passiert ist. Sie legt mir eine Hand an jede Wange und küsst mich. Und es ist auch kein kurzer Kuss. Sondern ein ziemlich langer, der warm ist und nach Sommer und ein bisschen nach dem Gummi der dicken Matte riecht. Danach sieht sie mich lange an.

»Bist du so weit?«, fragt sie.

Ich weiß, was sie meint. Obwohl mir innerlich noch total

schwindlig ist, von den Lippen bis hinunter in die Zehen. Denn nur ich allein auf der ganzen Welt kann das wissen. Weil ich nämlich fast genauso verrückt bin wie Ine.

Wir haben es schon oft getan. Sehr oft. Sind im selben Tempo an unseren Bäumen hochgeklettert, zwischen uns das Brett. Vor allem, als wir kleiner waren und ausprobierten, bis zu welcher Höhe wir uns zu balancieren trauten.

Bis zum dritten Ast an meinem Baum geht es sehr gut. Aber weiter oben ist es ungewohnt. Je höher man kommt, umso dichter wachsen die Äste und umso schwerer wird das Klettern. Mehrere Male rutscht mir das Brett fast aus der Hand.

»Du«, sagt Ine plötzlich drüben im anderen Baum. »Wir haben Ole vergessen.«

Wie konnten wir Ole nur vergessen. An so einem Tag. Denn auch wenn er nie mit uns über das Brett balanciert, ist er doch schon oft mit hier gewesen. Und Ole ist unser Freund. Der dazugehört.

Ich schreibe ihm mit einer Hand eine SMS. Und hoffe, dass er sie sieht.

Wir brauchen lange bis nach oben. Und Ine hat noch größere Schwierigkeiten als ich. Sie hat ja ein Kleid an, das an jedem zweiten Ast hängenbleibt.

Aber am Ende sind wir da. Hoch oben. Dann legen wir das Brett über die beiden Äste, die wir uns vor so langer Zeit schon ausgeguckt haben, als wir klein waren. Und dann wippen wir im Sitzen ein bisschen daran herum, um uns davon zu überzeugen, dass es fest liegt.

»He, ihr«, ruft Ole von unten. Er hat die SMS also gelesen.

»Hallo«, sagen wir, sicher zehn Meter hoch in der Luft. »Bist du so weit?«

Ole ist so weit. Und wir auch.

Dann setze ich den ersten Fuß auf das Brett. Einen schwarzen Sonntagsschuh. Und dann tut Ine das auch. Im hellblauen Kleid mit der Blume. Und dann gehen wir los. Die Arme zur Seite gestreckt, den Blick geradeaus gerichtet. Ine und ich. Wir gehen aufeinander zu.

Ich sehe nicht nach unten. Damit bin ich fertig. Ich sehe Ine in die Augen, und sie kommt näher und näher. Ich auch. Setze einen Fuß vor den anderen, bis ich ihren Atem im Gesicht spüre. Zehn Meter bis nach unten. Lebensgefährlich.

Aber Ole sitzt unter uns auf einem Baumstumpf. Es kann also nichts schiefgehen. Absolut überhaupt gar nichts.

Ich lächele Ine an. Ihre Haare flattern ein wenig im Wind, und ihr Kleid auch. Und sie hat noch immer grüne Augen. Noch immer winzige Ohren und einen etwas schiefen Vorderzahn. Dennoch denke ich: Irgendwie ist sie anders. Eine ganz neue Ine.

Denn so kommt es mir wirklich vor: In diesem Augenblick scheint alles auf der Welt neu zu sein. Ine und Papa und der ganze Weltraum. Die Birken und der Frühsommer und der letzte Tag in der siebten Klasse.

»Wahnsinn«, flüstert Ine, aber ihre Augen funkeln.

»Gleichgewicht«, flüstere ich.

Es gibt so viele Arten zu balancieren. Signe Salvesen balanciert am besten ohne Mann und Kinder durchs Leben. Und sie ist noch immer glücklich über den Fehler, den sie begangen hat, als sie zu spät zu ihrer Hochzeit erschienen ist.

In Ines Familie balancieren die Eltern besser getrennt, und nicht im selben Haus. Jeder balanciert auf seiner Seite, aber Ine haben sie immer zwischen sich. Zum Glück.

Und Oles Eltern balancieren durch das Leben, indem sie auf einer Decke Händchen halten. Und das Fenster aufreißen, wenn sie backen.

Aber nicht nur Menschen balancieren. Nein, sogar das Wetter braucht sein Gleichgewicht. Papa hat es mir erklärt. Dass Stürme, Regenwetter, ja, sogar Tornados entstehen, weil die Atmosphäre versucht, im Gleichgewicht zu bleiben.

Mitten im Sturm gilt deshalb offenbar dasselbe wie überall im Leben: Man muss versuchen, an das Ganze zu denken.

Und wenn ich mir das genauer überlege, ist dieses Ganze gar nicht so schlecht.

Mein eigenes Ganzes ist zum Beispiel gewachsen. Zwei Zentimeter seit Februar. In einem Jahr bin ich vielleicht nicht mehr der kleinste Junge in der Klasse. Das muss man sich mal vorstellen!

Aber so schlimm wäre es eigentlich auch nicht. Der Mond ist ja auch ziemlich klein. Und trotzdem haben Künstler aus aller Welt Bücher und Gedichte und Lieder über ihn geschrieben. Die »Mondscheinsonate« zum Beispiel, und »Clair de lune«.

Ich habe den Plan, Anwalt zu werden, übrigens aufgegeben. Und ich habe eine ganz neue Liste angelegt. Sie heißt noch immer *Anton Albertsens Gedanken über astronomisches Gleichgewicht*, aber es geht in der Liste nicht mehr um dasselbe.

Denn inzwischen haben wir ziemlich viel über den Weltraum gesprochen, Papa und ich. Und ich frage mich jetzt, ob ich später nicht vielleicht Astronom werden will. Da draußen gibt es nämlich so viele seltsame Dinge. Und die ganze Zeit begreift man irgendwelche neuen Sachen.

Eine Sache, die ich begriffen habe, ist besonders seltsam: Papa hat doch mal gesagt, ich sei in guter Gesellschaft. Und er hatte wirklich Recht.

Und hier, ganz am Ende, kommt das, was Papa mir über den Weltraum erzählt hat, nachdem ich einen ganzen Abend mit dem Hintern aus Ines Fenster gehangen hatte.

Gleichgewicht kann vieles bedeuten. Man kann schief stehen und trotzdem das Gleichgewicht halten. Wie die Erde zum Beispiel. Seit dem Zusammenstoß mit der Theia ist sie noch immer schief. Der Erdball dreht sich leicht schief im Weltall, und trotzdem geht es gut.

Es ist eigentlich sogar besser so.

Denn wenn bei der Erde der Nordpol ganz oben wäre, während sie sich um sich selbst dreht, wäre nichts so wie jetzt. Dann hätten wir nämlich keine Jahreszeiten. Keine Mitternachtssonne und keine dunkle Zeit, keine Skitouren mit heißem Kakao oder lange helle Abende mit winzigen hellgrünen Birkenblättern. So ist es einfach.

Aber das Seltsamste von allem ist Folgendes: Wisst ihr, wer die Erde schief hält? Wer mit diesem Schwerkraftskram dafür sorgt, dass sie sich nicht gerade rückt und auf Jahreszeiten und alles andere pfeift?

Nicht die Sonne.

Obwohl sie riesig und prachtvoll und in vieler Hinsicht sehr praktisch ist. Nein, es ist etwas, das durch einen Unfall entstanden ist. Etwas, das nicht geplant war, das nutzlos wirken kann und das eigentlich gar nicht da sein sollte. Aber das dennoch unglaublich wichtig ist. Nicht, weil es etwas tut, sondern einfach, weil es da ist.

Der Mond ist das. Natürlich.

© Niklas Lello

Die Norwegerin *Gudrun Skretting*, geboren 1971, ist eigentlich ausgebildete Konzertpianistin. Nach einem Studium am Norwegischen Kinderbuchinstitut legt sie nun mit »Mein Vater, das Kondom und andere nicht ganz dichte Sachen« ihr erstes Jugendbuch vor, das in ihrer Heimat großartige Kritiken bekam.

© Thorsten Berndt

Gabriele Haefs studierte Skandinavistik, promovierte im Fach Volkskunde und übersetzt unter anderem aus dem Englischen, dem Norwegischen, dem Dänischen und Schwedischen. Für ihre Übersetzungen ist sie vielfach ausgezeichnet worden, u. a. mit dem Sonderpreis des Deutschen Jugendliteraturpreises 2008 für ihr Gesamtwerk.